Horváth | Glaube Liebe Hoffnung

Ödön von Horváth
Glaube Liebe Hoffnung

Ein kleiner Totentanz

Herausgegeben von Klaus Kastberger und Martin Vejvar

Reclam

Die Arbeiten an diesem Band wurden im Rahmen eines vom Fonds zur Förderung der wissenschaftlichen Forschung (FWF; P 28127 G23) unterstützten Projektes am Franz-Nabl-Institut der Universität Graz durchgeführt. Dank für die Zurverfügungstellung der Faksimiles an die Österreichische Nationalbibliothek, Wien, und die Wienbibliothek im Rathaus.

Glaube Liebe Hoffnung erscheint als Band 5 der historisch-kritischen Wiener Ausgabe sämtlicher Werke Ödön von Horváths, Berlin: de Gruyter 2009 ff.

RECLAMS UNIVERSAL-BIBLIOTHEK Nr. 19682
2020 Philipp Reclam jun. Verlag GmbH,
Siemensstraße 32, 71254 Ditzingen

Gestaltung: Cornelia Feyll, Friedrich Forssman
Druck und Bindung: Kösel GmbH & Co. KG,
Am Buchweg 1, 87452 Altusried-Krugzell
Printed in Germany 2020
RECLAM, UNIVERSAL-BIBLIOTHEK und
RECLAMS UNIVERSAL-BIBLIOTHEK sind eingetragene Marken der Philipp Reclam jun. GmbH & Co. KG, Stuttgart
ISBN 978-3-15-019682-3

Auch als E-Book erhältlich

www.reclam.de

Glaube Liebe Hoffnung

Ein kleiner Totentanz

in fünf Bildern
von Ödön Horváth

Dieses Theaterstück wurde unter Mitarbeit
von Lukas Kristl verfasst.

Randbemerkung

von Ödön Horváth

Februar 1932 traf ich auf der Durchreise in München einen Bekannten, namens Lukas Kristl, der schon seit einigen Jahren Gerichtssaalberichterstatter ist. Er sagte mir damals ungefähr folgendes: ich (Kristl) verstehe die Dramatiker nicht, warum nämlich diese Dramatiker, wenn sie Tatbestand und Folgen eines Verbrechens dramatisch bearbeiten, fast immer nur sogenannte Kapitalverbrechen bevorzugen, die doch relativ selten begangen werden -- und warum sich also diese Dramatiker fast niemals um die kleinen Verbrechen kümmern, denen wir doch landauf-landab tausendfach und tausendmal begegnen, und deren Tatbestände ungemein häufig nur auf Unwissenheit basieren und deren Folgen aber trotzdem fast ebenso häufig denen des lebenslänglichen Zuchthauses mit Verlust der bürgerlichen Ehrenrechte, ja selbst der Todesstrafe ähneln.

Und Kristl erzählte mir einen Fall aus seiner Praxis -- und aus diesem alltäglichen Fall entstand der kleine Totentanz »Glaube Liebe Hoffnung«. Die Personen Elisabeth, den Schupo (Alfons Klostermeyer), die Frau Amtsgerichtsrat und den Oberinspektor hat Kristl persönlich gekannt. Es ist mir ein Bedürfnis, ihm auch an dieser Stelle für die Mitteilung seiner Materialkenntnisse und für manche Anregung zu danken.

Kristls Absicht war, ein Stück gegen die bürokratisch-verantwortungslose Anwendung kleiner Paragraphen zu schreiben -- aber natürlich in der Erkenntnis, dass es kleine Paragraphen immer geben wird, weil es sie in jeder wie auch immer gearteten sozialen Gemeinschaft geben muss. Zuguterletzt war also Kristls Absicht die Hoffnung, dass man jene kleinen Paragraphen vielleicht (verzeihen Sie bitte das harte Wort!) humaner anwenden könnte.

Und dies war auch meine Absicht, allerdings war ich mir jedoch dabei im Klaren, dass dieses »gegen kleine Paragraphen« eben nur das Material darstellt, um wiedermal den gigantischen Kampf zwischen Individuum und Gesellschaft zeigen zu können, dieses ewige Schlachten, bei dem es zu keinem Frieden kommen soll -- höchstens, dass mal ein Individuum für einige Momente die Illusion des Waffenstillstandes geniesst.

Wie bei allen meinen Stücken habe ich mich auch bei diesem kleinen Totentanz befleissigt, es nicht zu vergessen, dass dieser aussichtslose Kampf des Individuums auf bestialischen Trieben basiert, und dass also die heroische und feige Art des Kampfes nur als ein Formproblem der Bestialität, die bekanntlich weder gut ist noch böse, betrachtet werden darf.

Wie in allen meinen Stücken habe ich auch diesmal nichts beschönigt und nichts verhässlicht. Wer wachsam den Versuch unternimmt, uns Menschen zu gestalten, muss zweifellos (falls er die Menschen nicht indirekt kennengelernt hat) feststellen, dass ihre Gefühlsäusserungen verkitscht sind, das heisst: verfälscht, verniedlicht und nach masochistischer Manier geil auf Mitleid, wahrscheinlich infolge geltungsbedürftiger Bequemlichkeit -- wer also ehrlich Menschen zu gestalten versucht, wird wohl immer nur Spiegelbilder gestalten können, und hier möchte ich mir erlauben, rasch folgendes zu betonen: ich habe und werde niemals Juxspiegelbilder gestalten, denn ich lehne alles Parodistische ab.

Wie in allen meinen Stücken versuchte ich auch diesmal, möglichst rücksichtslos gegen Dummheit und Lüge zu sein, denn diese Rücksichtslosigkeit dürfte wohl die vornehmste Aufgabe eines schöngeistigen Schriftstellers darstellen, der es sich manchmal einbildet nur deshalb zu schreiben, damit die Leut sich selbst erkennen. Erkenne Dich bitte selbst! Auf dass Du Dir jene Heiterkeit erwirbst, die Dir Deinen Lebens- und Todeskampf erleichtert, indem Dich nämlich die liebe Ehrlichkeit gewiss nicht über Dich (denn das wäre Einbildung), doch neben und unter Dich stellt, so dass Du Dich immerhin nicht von droben, aber von vorne, hinten, seitwärts und von drunten betrachten kannst! --

»Glaube Liebe Hoffnung« könnte jedes meiner Stücke heissen. Und jedem meiner Stücke hätte ich auch folgende Bibelstelle als Motto voraussetzen können, nämlich:

> Und der HERR roch den lieblichen Geruch und sprach in seinem Herzen: Ich will hinfort nicht mehr die Erde verfluchen um der Menschen willen, denn das Trachten des menschlichen Herzens ist böse von Jugend auf; und ich will hinfort nicht mehr schlagen alles was da lebet, wie ich getan habe. So lange die Erde stehet, soll nicht aufhören Samen und Ernte, Frost und Hitze, Sommer und Winter, Tag und Nacht.

Mos. I. 8,21.

Personen

ELISABETH
ein Schupo (Alfons Klostermeyer)
Oberpräparator
Präparator
Vizepräparator
der Baron mit dem Trauerflor
IRENE PRANTL
Frau Amtsgerichtsrat
Er selbst, der Herr Amtsgerichtsrat
ein Invalider
eine Arbeiterfrau
ein Buchhalter
MARIA
ein Kriminaler
der Oberinspektor
ein zweiter Schupo
ein dritter Schupo
JOACHIM, der tollkühne Lebensretter

Erstes Bild

Szene Nummer 1

Schauplatz: Vor dem Anatomischen Institut mit Milchglasfenstern.
Elisabeth will es betreten und sieht sich noch einmal fragend um, aber es ist nirgends eine Seele zu sehen.
In der Ferne intoniert ein Orchester den beliebten Trauermarsch von Chopin und nun geht ein junger Schupo (Alfons Klostermeyer) langsam an Elisabeth vorbei und beachtet sie scheinbar kaum.
Es ist Frühling.

Szene Nummer 2

ELISABETH *(spricht den Schupo plötzlich an, während der Trauermarsch in der Ferne verhallt).* Entschuldigens bitte -- aber ich suche nämlich die Anatomie.

SCHUPO. Das anatomische Institut?

ELISABETH. Dort wo man halt die Leichen zersägt.

SCHUPO. Das dort ist das hier.

ELISABETH. Dann ist es schon gut.

(Stille.)

SCHUPO *(lächelt).* Gebens nur acht, Fräulein --- da drinnen stehen die Köpf in Reih und Glied.

ELISABETH. Ich habe keine Angst vor den Toten.

SCHUPO. Ich auch nicht.

ELISABETH. Mir graust es noch lange vor nichts.

SCHUPO. In diesem Sinne --- *(er salutiert legere und ab).*

Szene Nummer 3

Elisabeth sieht dem Schupo spöttisch nach --- dann fasst sie sich ein Herz und drückt auf den Klingelknopf des Anatomischen Instituts. Man hört es drinnen klingeln und schon erscheint der Präparator in weissem Mantel. Er steht in der Türe und fixiert die anscheinend unschlüssige Elisabeth.

Szene Nummer 4

PRÄPARATOR. Sie wünschen?

ELISABETH. Ich möchte hier jemand Zuständigen sprechen.

PRÄPARATOR. In was für einer Angelegenheit?

ELISABETH. In einer dringenden Angelegenheit.

PRÄPARATOR. Haben Sie einen angehörigen Toten bei uns?

ELISABETH. Es dreht sich um keinen angehörigen Toten, es dreht sich um mich selbst persönlich.

PRÄPARATOR. Wieso denn das hernach?

ELISABETH. Sind der Herr hier eine zuständige Instanz?

PRÄPARATOR. Ich bin der Präparator. Sie können sich mir ruhig anvertraun.
(Stille.)

ELISABETH. Man hat mich nämlich extra darauf aufmerksam gemacht, dass man hier seinen Körper verkaufen kann -- das heisst: wenn ich einmal gestorben sein werde, dass dann die Herren da drinnen mit meiner Leiche im Dienste der Wissenschaft machen können, was die Herren nur wollen -- dass ich aber dabei das Honorar gleich ausbezahlt bekomme. Schon jetzt.

PRÄPARATOR. Das ist mir neu.

ELISABETH. Man hat mich aber extra darauf aufmerksam gemacht.

PRÄPARATOR. Wer denn?

ELISABETH. Eine Kollegin.

PRÄPARATOR. Was sind Sie denn von Beruf?

ELISABETH. Jetzt habe ich eigentlich nichts. Es soll ja noch schlechter werden. Aber ich lasse den Kopf nicht hängen. *(Stille.)*

PRÄPARATOR. Seine eigene Leiche verkaufen -- auf was die Leut noch alles kommen werden?

ELISABETH. Man möchte doch nicht immer so weiter.

PRÄPARATOR. Ein krasser Irrtum -- *(er holt aus seiner Tasche eine Tüte Vogelfutter und füttert damit die Tauben, die vom Dache des Anatomischen Instituts herabfliegen – die Tauben kennen den Präparator gut und setzen sich auf seine Schulter und fressen ihm aus der Hand).*

Szene Nummer 5

Jetzt begleitet der Oberpräparator einen Baron mit Trauerflor aus dem Anatomischen Institut in das Freie.

OBERPRÄPARATOR. Wird prompt erledigt, Herr Baron, und abermals mein innigstes Beileid.

BARON. Danke, Herr Oberpräparator. Ich mache mir die heftigsten Vorwürfe.

OBERPRÄPARATOR. Aber die staatsanwaltschaftlichen Erhebungen haben doch die völlige Haltlosigkeit der gegen Herrn Baron erhobenen etwaigen Beschuldigungen ergeben! Wir alle sind in Gottes Hand.

BARON. Trotzdem ich stand vor Verdun und an der Somme, aber nichts hat mich so erschüttert, wie diese Katastrophe gestern. Wir waren ja erst seit drei Monaten verheiratet und ich steuerte den Unglückswagen -- in der Unglückskurve. Zwischen Lechbruck und Steingaden. Nur gut, dass der Leichnam freigegeben ist.

OBERPRÄPARATOR *(entdeckte inzwischen den Präparator).* Augenblick bitte! *(Er nähert sich dicht dem Präparator und schreit ihn an.)* Sie füttern schon wieder die Tauben? Was bilden Sie sich denn ein? Saustall sowas! Drinnen liegen die Finger und die Gurgeln nur so herum, dass es eine wahre Freud ist! Tuns die beiden Herzen und die halberte Milz gefälligst in die Schublad! Kreuzkruzifix, ist das aber eine Schlamperei!

PRÄPARATOR. Aber das Fräulein dort wollte doch ihre Leiche verkaufen, Herr Oberpräparator --

OBERPRÄPARATOR. Ihre Leiche? Schon wieder?

(Stille.)

BARON. Beispiellos.

OBERPRÄPARATOR. Wir haben es zwar schon weiss Gott wie oft dementiert, dass wir keine solchen lebendigen Toten kaufen, aber die Leut glauben halt den amtlichen Verlautbarungen nichts! Die bilden sich gar ein, dass der Staat für ihren Corpus noch etwas daraufzahlen wird -- gar so interessant kommen sie sich vor! Immer soll nur der Staat helfen, der Staat!

BARON. Eine völlig beispiellose Ansicht über die Pflichten des Staates.

OBERPRÄPARATOR. Wird schon noch anders werden, Herr Baron.

BARON. Hoffentlich.

Szene Nummer 6

DER VIZEPRÄPARATOR *(erscheint mit dem Hute des Oberpräparators rasch in der Tür des Anatomischen Instituts).* Telefon, Herr Oberpräparator!

OBERPRÄPARATOR. Wer? Ich?

VIZEPRÄPARATOR. Es dreht sich etwas um das Gutachten in

Sachen Leopoldine Hackinger aus Brünn. Herr Oberpräparator sollen sofort in die Klinik zum Professor -- *(er überreicht ihm seinen Hut).*

OBERPRÄPARATOR. Sofort! *(Er zieht hastig seinen weissen Mantel aus und übergibt ihn dem Vizepräparator, der wieder im Anatomischen Institut verschwindet; zum Baron)* Pardon Baron! Die Kapazitäten kriegens mir scheint nicht heraus, an was dass diese Sudetendeutsche gestorben ist. Die Pflicht ruft --

BARON. Oh bitte!

OBERPRÄPARATOR. -- und abermals mein innigstes Beileid!

BARON. Oh danke!

OBERPRÄPARATOR. Habe die Ehre, Herr Baron! *(rasch ab nach rechts).*

BARON. Wiedersehen -- *(langsam ab nach links).*

(Und wieder ertönen in weiter Ferne einige Takte des Chopinschen Trauermarsches. Langsam fängt es an zu dämmern, denn es ist bereits spät am Nachmittag.)

Szene Nummer 7

PRÄPARATOR *(sieht dem Oberpräparator nach).* Ein schlechter Mensch. Die armen Tauben. Glaubens mir, Fräulein: Das Beste ist, Sie springen zum Fenster hinaus.

ELISABETH. Sie sind aber ein sehr freundlicher Mann, Herr Oberpräparator.

PRÄPARATOR. Ich mein es gut mit Ihnen. Wer kauft eine Leiche? Heutzutag!

ELISABETH. Morgen ist auch ein Tag.

PRÄPARATOR. Es wird nicht anders.

ELISABETH. Das glaub ich nicht.

PRÄPARATOR. Sondern vielleicht?

(Stille.)

ELISABETH *(lächelt).* Nein -- das lasse ich mir auch von Ihnen nicht nehmen, dass ich noch einmal Glück haben werde. Sehens zum Beispiel, wenn ich jetzt meine Leiche hätt verkaufen können, nämlich um hundertfünfzig Mark --

PRÄPARATOR *(unterbricht sie)*. Hundertfünfzig Mark?

ELISABETH. Jawohl.

(Stille.)

PRÄPARATOR *(grinst)*. Sie Kind -

ELISABETH. Wie belieben?

PRÄPARATOR. Was ist denn Ihr Vater von Beruf?

ELISABETH. Ein Inspektor.

PRÄPARATOR. Inspektor? Respekt!

ELISABETH. Aber er kann mir halt auch nicht unter die Arme greifen, weil meine Mama im März das Zeitliche gesegnet hat und da hat er gleich soviel Ausgaben gehabt damit.

PRÄPARATOR. Was ist schon so ein lumpiger Oberpräparator neben einem Inspektor? Respekt, Fräulein!

ELISABETH. Sehens, wenn ich jetzt hundertfünfzig Mark hätt, dann könnt ich jetzt meinen Wandergewerbeschein haben und dann würde sich mir die Welt wieder öffnen --- weil ich mit einem Wandergewerbeschein schon morgen eine sozusagen fast selbständige Position bekommen tät in meiner ursprünglichen Branche, aus der ich herausgerissen worden bin durch die Zeitumstände.

(Stille.)

PRÄPARATOR. Was war denn das für eine Branche?

ELISABETH. Hüftgürtel, Korsett. En gros. Auch Büstenhalter und dergleichen.

PRÄPARATOR. Interessant.

(Stille.)

ELISABETH. Wo bist Du, goldene Zeit?

(Stille.)

PRÄPARATOR *(kramt aus seiner Brieftasche eine Photographie hervor)*. Da schauns mal her --

ELISABETH *(betrachtet die Photographie)*. Ein netter Hund.

PRÄPARATOR. Mein Rehpinscher -

ELISABETH. Aufgeweckt.

PRÄPARATOR. Und scharf! Leider ist er mir verreckt.

ELISABETH. Schade.

PRÄPARATOR *(pfeift)*. Das war sein Pfiff. Da ist er dann immer gekommen. *(Er spricht nun mit der Photographie.)* Burschi, Burschi, jetzt bist hin -- aus ist es mit dem Gassi-Gassi ---. *(er steckt die Photographie wieder ein, zu Elisabeth)*. Aber das freut mich von Ihnen, dass Sie mit dem armen Burschi sympathisieren. Wie heissen denn Sie mit dem Vornamen?

ELISABETH. Elisabeth.

(Stille.)

PRÄPARATOR. Die Kaiserin Elisabeth von Österreich, das war auch ein gutes braves Weiberl - aber trotzdem ist sie halt einem ruchlosen Attentat zum Opfer gefallen. In Genf. Überhaupt der Völkerbund -- alles ruchlos! Jetzt hab ich halt noch meine Schmetterlingssammlung und den Kanari und gestern ist mir eine Katz zugelaufen. -- Interessiert Ihnen ein Aquarium?

ELISABETH. Wie belieben?

PRÄPARATOR. Ich hätte auch ein Terrarium.

ELISABETH. Terrarium eher.

PRÄPARATOR. Also dann kommens halt mal zu mir, Sie Fräulein Inspektor.

ELISABETH. Vielleicht.

Szene Nummer 8

Jetzt kehrt der Oberpräparator aus der Klinik zurück und zwar überraschend... sein Zeigefinger ist dick verbunden, er erblickt den Präparator, stutzt empört und fixiert ihn, der retirieren möchte, während Elisabeth sich zurückzieht.

Szene Nummer 9

OBERPRÄPARATOR *(nähert sich langsam dem Präparator und hält dicht vor ihm)*. Schon wieder? Sie füttern schon wieder die Tauben? *(Er fährt ihn plötzlich an.)* Jetzt schauens aber, dass Sie verschwinden! *(zu Elisabeth)*. Verstanden!

ELISABETH. Gewiss. *(ab)*.

Szene Nummer 10

OBERPRÄPARATOR *(sieht Elisabeth nach)*. Na das sind ja saubere Zustände. Statt die Tumors endlich zu katalogisieren, treiben Sie sich da mit dem schönen Geschlecht herum!

PRÄPARATOR. Irrtum, Herr Oberpräparator! Das Fräulein ist eine verarmte Zollinspektorstochter.

OBERPRÄPARATOR. Zollinspektor?

PRÄPARATOR. Jawohl. Und wenn jetzt diese Zollinspektorstochter hundertfünfzig Mark hätte, dann hätte sie auch ihren Wandergewerbeschein und die Welt würde sich ihr wieder öffnen -- Ich weiss, dass Sie mich für unfähig halten, Herr Oberpräparator, weil ich ein Aquarium habe und weil ich die Tauben füttere und weil ich ein gutes Herz habe --

OBERPRÄPARATOR. Zur Sache!

PRÄPARATOR. Zur Sache: Ich werde dieser Zollinspektorstochter unter die Arme greifen. Das steht bei mir felsenfest. Hundertfünfzig Mark.

OBERPRÄPARATOR. Hundertfünfzig?

PRÄPARATOR. Das Fräulein wird es mir schon zurückerstatten.

OBERPRÄPARATOR. Mir scheint, Sie glauben noch an Wunder, Sie leichtsinniger Patron. Sie sollten meine Frau sein, Sie schlaget ich ja tot -- *(er droht ihm neckisch mit seinem dickverbundenen Zeigefinger)*.

PRÄPARATOR. Was haben Sie denn da mit dem Finger? Verletzt?

OBERPRÄPARATOR. Infiziert.

PRÄPARATOR. Doch nicht an einem Leichnam?

OBERPRÄPARATOR. Natürlich. Eben zuvor. An diesem komplizierten Fall aus Brünn.

PRÄPARATOR. Passens nur auf, Herr Oberpräparator!

(Stille.)

OBERPRÄPARATOR *(betrachtet seinen dickverbundenen Zeigefinger).* Es tut nicht weh, das ist verdächtig --

PRÄPARATOR. Wenn ich mir zum Beispiel meine Schmetterlingssammlung betrachte, dann denk ich immer, es dreht sich halt alles nach einer höheren Ordnung.

OBERPRÄPARATOR. Zur Sache: Kommens, die Pflicht ruft! *(ab mit dem Präparator in das Anatomische Institut).*

(Dunkel.)

Zweites Bild

Szene Nummer 1

Schauplatz: Kontor der Firma Irene Prantl.
Die Prantl ist besonders in ihrem geschäftlichen Leben eine geschwätzige Person. Jetzt hantiert sie auf ihrem Schreibtisch mit Abrechnungen, und zwar hat sie es recht wichtig. Vor ihr sitzt eine Frau Amtsgerichtsrat. Im Hintergrunde stehen Wachspuppen mit Korsett, Hüfthalter, Büstenhalter und dergleichen – in Reih und Glied, ähnlich wie die Köpf im Anatomischen Institut.

DIE PRANTL. Allerhand Hochachtung, Frau Amtsgerichtsrat! Sieben Hüfthalter, sechs Korsetts, elf Paar Straps in knapp drei Tagen -- gratuliere, gratuliere! Sie haben es los! Besser als manche Berufsverkäuferin! Ein Talent!

FRAU AMTSGERICHTSRAT. Mein Gott, unsereins hat halt so seine bestimmten gesellschaftlichen Bekanntenkreise, die wo einer Frau Amtsgerichtsrat kaum einen Korb geben wollen ---

DIE PRANTL. Zu bescheiden, zu bescheiden! Das Verkaufen ist heutzutage kein Kinderspiel, die Leut schlagen einem die Tür vor der Nase zu!

FRAU AMTSGERICHTSRAT. Aber es bleibt doch dabei: Wenn jemand fragen sollte, dann sagen Sie selbstredend, ich verkaufe das nur von wegen persönlicher Zerstreuung und so --

DIE PRANTL. Ist doch sonnenklar, wollte sagen: bleibt unter uns!

FRAU AMTSGERICHTSRAT. Bei diesen schweren Zeiten muss man auch dem eigenen Manne unter die Arme greifen, der verdient jetzt noch ganze sechshundert Mark. Da wird abgebaut und abgebaut, aber die Herren Landgerichtsdirektoren und Ministerialräte -- *(sie stockt, da das Telefon klingelt).*

DIE PRANTL *(am Telefon).* Ja. Soll nur gleich herein! -- Nur eine Sekunde, Frau Amtsgerichtsrat, wir sind gleich quitt!

Szene Nummer 2

ELISABETH *(tritt ein).*

DIE PRANTL. Grüss Gott, tritt ein zeigens her - habens Ihr Pensum hinter sich?

ELISABETH. Hier -- *(sie überreicht der Prantl ihr Bestellbuch).*

DIE PRANTL *(blättert).* Was? Zwei Paar Straps, einen Hüfthalter und ein Korsett, das ist doch radikal nichts!

ELISABETH. Das Verkaufen ist heutzutage kein Kinderspiel, die Leut schlagen einem die Tür vor der Nase zu.

DIE PRANTL. Also nur keine Gemeinplätze! Sie als Vertreterin müssen bei der Kundschaft den Schönheitssinn entwickeln! Jetzt wo das ganze Volk Gymnastik treibt und wo man überall nackerte Weiber sieht, das ist doch für unsere Branche die beste Reklame! Sie müssen Ihnen halt mehr an die Herren der Schöpfung halten, mir ist noch kein Mannsbild begegnet, das wo keinen Sinn für Strapsgürtel gehabt hätte! Wie war es denn in Kaufbeuren?

ELISABETH. In Kaufbeuren war nichts.

DIE PRANTL. Wieso hernach nichts? Kaufbeuren war doch immer phänomenal!

ELISABETH. Ich war aber nicht in Kaufbeuren.

DIE PRANTL. Sondern?

ELISABETH. Ich wollte nämlich Zeit sparen und bin mit einem Auto gefahren und zwar direkt in der Luftlinie - aber plötzlich hat die Ölzufuhr ausgesetzt und ich habe in einer Scheune im Walde übernachtet.

DIE PRANTL *(fährt sie an).* Im Wald? Meinens ich zahl umsonst?! Wenn Sie da mit derartigen Luftlinien weitermachen, haben Sie bis zum jüngsten Gericht die hundertfünfzig Mark noch nicht hereingearbeitet, die wo ich Ihnen für Ihren Wandergewerbeschein vorgestreckt habe!

ELISABETH. Aber das war doch eine höhere Gewalt.

DIE PRANTL. Wenn die Angestellten jetzt auch noch mit der höheren Gewalt anfangen, dann höre ich auf! Dann bring ich mich um! Eine Blutvergiftung oder von der Trambahn herausfallen und einen Haxen brechen, das lass ich mir noch gefallen, aber den Luxus von einer höheren Gewalt habe ich Irene Prantl mir noch nicht geleistet!

ELISABETH. Ich kann doch schliesslich nichts dafür.

DIE PRANTL. Schauns nur nicht gar so geschmerzt, Sie Fräulein höhere Gewalt! Schauns doch nur die Frau Amtsgerichtsrat an! Frau Amtsgerichtsrat hätten es gar nicht so notwendig und machen es aus purer Zerstreuung und haben den vierfachen Umsatz.

Szene Nummer 3

Der Präparator stürzt herein und fährt sogleich auf Elisabeth los. Er ist ausser Rand und Band.

PRÄPARATOR. Da sind Sie ja, Sie Betrügerin Sie! Sie Hochstaplerin Sie! Ihr Vater ist ja gar kein Zollinspektor. Wenn Sie mir das gleich gesagt hätten, dass der kein Zollinspektor ist, sondern bloss so ein Versicherungsinspektor, ja glaubens denn, ich hätte Ihnen hernach eine Existenz verschafft?

ELISABETH. Aber das hab ich doch niemals behauptet -

PRÄPARATOR *(unterbricht sie).* Jawohl haben Sie das behauptet!

ELISABETH. Nein! Nie!

PRÄPARATOR *(schlägt mit seinem Spazierstock auf der Prantl ihren Schreibtisch, dass die Geschäftspapiere nur so herumflattern und brüllt).* Zollinspektor! Zollinspektor! Zollinspektor!

DIE PRANTL *(rettet ihre Geschäftspapiere und kreischt).* Halt! Halt!!
(Stille.)

PRÄPARATOR *(verbeugt sich chevaleresk zur Prantl und zur Frau Amtsgerichtsrat hin).* Entschuldigens meine Herrschaften, dass ich so aus heiterem Himmel, aber neben einem Versicherungsinspektor ist ja sogar noch ein lumpiger Oberpräparator eine Kapazität und diese gefährliche Person dort hat mir mein gutes bares Geld herausgelockt --

ELISABETH *(unterbricht ihn).* Ist ja gar nicht wahr!

DIE PRANTL. Ruhe!

PRÄPARATOR. Ruhe!

DIE PRANTL *(droht mit dem Zeigefinger).* Fräulein, Fräulein -- wer schreit hat Unrecht.

PRÄPARATOR *(schreit).* Unrecht! Jawohl!!

(Stille.)

ELISABETH. Jetzt sage ich kein Wort mehr.

PRÄPARATOR *(gehässig).* Tät Ihnen so passen --

DIE PRANTL *(zum Präparator).* Nehmen Sie Platz bitte!

PRÄPARATOR. Danke -- *(er setzt sich).* Ich bin nämlich ein herzensguter Mensch, aber ich vertrag es halt nicht, dass man mich belügen tut.

ELISABETH. Ich habe nicht gelogen.

DIE PRANTL. Geh so haltens doch endlich den Mund, Fräulein --

PRÄPARATOR. Bitte ich mir aus!

DIE PRANTL *(bietet nun dem Präparator Zigaretten an).* Bitte --

PRÄPARATOR. Ich bin so frei -- *(er steckt sich eine an, lehnt sich bequem zurück und bläst geniesserisch den Rauch von sich).* Alsdann meine Herrschaften -- kommt diese Person da zu mir in die Wohnung, schleicht sich in meine väterlichen Gefühle hinein und ich zeig ihr mein Aquarium und habe ihr ein Buch über Tibet geliehen und obendrein kauf ich ihr auch noch einen Wandergewerbeschein -- und derweil ist der ihr Vater gar kein Zollinspektor! Ich habe mich nämlich erkundigt, schon wegen meiner inneren Sicherheit als

Mensch, weil sich meine Umgebung immer lustig gemacht hat über mein weiches Herz.

DIE PRANTL. Wandergewerbeschein? Was denn für Wandergewerbeschein? Den hat doch die dort von mir.

PRÄPARATOR. Was?! Von Ihnen auch?!

DIE PRANTL. Das ist doch der Usus im Betrieb. Die Firma streckt den Angestellten die Möglichkeit zum Arbeiten vor und die Angestellten arbeiten es ab. Hundertfünfzig Mark.

PRÄPARATOR *(ausser sich)*. Hundertfünfzig Mark?!

(Stille.)

DIE PRANTL. Das ist Betrug.

ELISABETH *(fährt plötzlich los)*. Ich bin doch keine Betrügerin!

FRAU AMTSGERICHTSRAT. Darauf kommt es auch nicht an, Fräulein! Sondern ob der Tatbestand des Betruges erfüllt ist, darauf kommt es an! Sonst würd sich ja die ganze Justiz aufhören!

DIE PRANTL. Richtig.

FRAU AMTSGERICHTSRAT. Mich geht es ja nichts an und ich persönlich habe mit dem Gericht gottlob nur insoferner etwas zu tun gehabt, als wie dass ich mit einem Richter verheiratet bin. Aber Sie haben ja Ihren Wandergewerbeschein nicht um das Geld dieses Herrn da gekauft, also -- ich höre meinen August schon sagen: Vorspiegelung falscher Tatsachen - Tatbestand des Betruges.

PRÄPARATOR *(ist verzweifelt in sich zusammengesunken; weinerlich)*. Ich bin doch ein armer Präparator der etwas Gutes getan hat --

ELISABETH. Herr Präparator! Sie werden Ihr Geld schon wiedersehen.

PRÄPARATOR. Nein.

ELISABETH. Doch, jeden Pfennig.

PRÄPARATOR. Wann?

ELISABETH. Ich werd es schon abarbeiten.

DIE PRANTL. Wieso? *(Sie liest aus Elisabeths Bestellbuch.)* Zwei Paar Straps, ein Hüfthalter und ein Korsett. Und höhere Gewalt.

PRÄPARATOR *(fährt hoch)*. »Höhere Gewalt«! Betrug! Gebens mir auf der Stell mein Geld zurück, Sie!

ELISABETH. Ich habe es jetzt nicht.

DIE PRANTL. Aber Ihren Wandergewerbeschein haben Sie doch von mir!

ELISABETH. Das schon.

PRÄPARATOR. Na also!

ELISABETH. Aber das Geld von dem Herrn habe ich zu etwas Dringenderem gebraucht.

DIE PRANTL. Das wird ja immer interessanter!

ELISABETH. Meinetwegen. Ich habe es zu einer Geldstrafe gebraucht.

PRÄPARATOR *(wieder ausser sich)*. Was?! Sie haben mit der Justiz schon etwas gehabt?! Eine Vorbestrafte sind Sie also?! Aber Ihnen bring ich noch in das Zuchthaus, das garantier ich Ihnen! Ich war Ihr letztes Opfer! *(Er rast ab.)*

Szene Nummer 4

DIE PRANTL. Gediegen! Sehr gediegen!

FRAU AMTSGERICHTSRAT. Wenn der Herr da jetzt das beschwört, das mit dem Zollinspektor und Versicherungsinspektor, dann werden Sie verurteilt.

DIE PRANTL. Zuchthaus.

FRAU AMTSGERICHTSRAT. Aber was! Nur Gefängnis und sonst nichts! Zirka vierzehn Tag.

ELISABETH. Jetzt werden alle denken, dass ich die grösste Verbrecherin bin.

DIE PRANTL. Gedanken sind zollfrei und besonders wenn man es einem verschweigt, dass man schon vorbestraft ist.

ELISABETH. Ich bin doch nicht verpflichtet, Ihnen das zu sagen.

DIE PRANTL. Also nur nicht so von oben herab! Dieser Skandal ist eine Affenschand. Sie gehen natürlich fristlos --- jetzt bleibens aber nur da, bis dass die Polizei kommt! *(ab)*.

Szene Nummer 5

FRAU AMTSGERICHTSRAT. Mich geht es ja nichts an, aber vorbestraft ist immer schon arg.

ELISABETH *(sagt es auf wie ein Schulmädchen)*. Ich bin vorbestraft, weil ich ohne Wandergewerbeschein gearbeitet habe -- und da hat man mir eine Geldstrafe von einhundertundfünfzig Mark hinaufgehaut, bezahlbar in Raten. Aber dann ist alles fällig geworden und ich hätt dafür in das Gefängnis müssen und meine Zukunft wäre wieder in das Wasser gefallen -- und so habe ich dafür dem Herrn Präparator sein Geld aufgebraucht.

FRAU AMTSGERICHTSRAT. Also tuns nur nicht viel leugnen und zeigens Ihnen nicht gescheiter als wie der Richter ist. Mein Mann ist ja ein braver Mensch, aber tuns die Verhandlung nur ja nicht in die Länge ziehn durch unnötige Verteidigung!! Wenn ich zuhaus beim Mittagessen sitz und vergeblich auf ihn wart und er kann nicht weg, weil die Sitzung so lang dauert, dann hört auch bei ihm das Verständnis auf -- Wissens, die Angeklagten müssen halt auch ein Einsehen haben, dass schliesslich der Richter auch nur ein Mensch ist.

(Dunkel.)

Drittes Bild

Szene Nummer 1

Schauplatz: Vor dem Wohlfahrtsamt mit minimalem Vorgarten.

Gruppe debattierender Kunden des Wohlfahrtsamtes, und zwar eine Arbeiterfrau, ein älterer Buchhalter und ein Fräulein namens Maria. Auch Elisabeth ist dabei. Sie lehnt an dem Vorgartengitter und sonnt sich in der schwachen Spätnachmittagssonne.

Jetzt humpelt ein Invalider aus dem Wohlfahrtsamt.

Szene Nummer 2

INVALIDER. Bravo, bravo! Jetzt wollen die da drin im Wohlfahrtsamte auch nicht zuständig sein, jetzt soll ich wieder woanders hin - Kreuzkruzefix!

ARBEITERFRAU. Sie müssten halt zur Invalidenversicherung.

INVALIDER. Invalidenversicherung sagt, das geht ihnen nichts an, das geht die Berufsgenossenschaft was an. Berufsgenossenschaft sagt, meine Füsse wären vor dem Unfall auch schon schlecht gewesen, weil ich vorher schon Krampfadern und Plattfüsse gehabt hätte --- und der Herr Sachverständige hat es mir in das Gesicht hinein gesagt, ich könnt schon längst ohne Stock promenieren, wenn ich nur möchten tät!

BUCHHALTER. Warens denn schon beim Spruchausschuss?

INVALIDER. Die haben es ja bestätigt, dass mich die Berufsgenossenschaft von sechzig auf vierzig Prozent heruntergesetzt hat - das haben mir die ja direkt in das Urteil hineingeschrieben, dass bei dem Beschwerdeführer der Anreiz fehlen täte, weil er vorher beim Arbeiten auch nicht recht viel mehr verdient hätt, als wie jetzt mit der Rente!

Szene Nummer 3

Nun verstummt alles und rührt sich nicht, denn ein Schupo (Alfons Klostermeyer) geht langsam vorbei und beobachtet scheinbar keine Seele. Langsam fängt es bereits an zu dämmern.

Szene Nummer 4

ARBEITERFRAU *(sieht dem Schupo nach)*. Der Herr General --

BUCHHALTER. Unser täglich Brot gib uns heute.

MARIA. Bei mir ist das noch schlimmer.

INVALIDER. Wie das?

MARIA. Weil wir eine Familie von sieben Köpfen sind und das achte ist unterwegs -- aber weil mein Vater in der Woche vierzig Mark heimtragt, ziehens mir sogar noch etwas ab.

INVALIDER. Alles Schwindel!

ELISABETH. Mir wollen die auch nichts geben, weil mein Vater noch etwas verdient.

BUCHHALTER. Was ist er denn Ihr Vater?

ELISABETH. Versicherungsinspektor. Entschuldigens, aber jetzt muss ich lachen -- *(sie lacht)*.

ARBEITERFRAU. Warum lachst denn da, damische Gretl?

ELISABETH *(hört plötzlich auf)*.

ARBEITERFRAU. So geh halt heim!

ELISABETH. Nein!

ARBEITERFRAU. Nachher bist selber schuld! Hat einen Inspektor zum Vater --

ELISABETH *(unterbricht sie)*. Versicherungsinspektor!

ARBEITERFRAU. Ist ja wurscht!

ELISABETH *(grinst)*. Oho!

BUCHHALTER. Dummheit und Stolz wachsen auf einem Holz.

ARBEITERFRAU. Hat ein Zuhause und nützt es nicht aus!

ELISABETH. Bei mir hat das einen bestimmten Grund.

ARBEITERFRAU. Hast denn gar etwas angestellt?

ELISABETH *(lächelt unsicher)*. Sieht man es mir denn an?

(Stille.)

BUCHHALTER *(grinst)*. Nicht alles ist Gold, was glänzt -- *(ab)*.

Szene Nummer 5

MARIA *(zu Elisabeth)*. Man muss sich halt alles gefallen lassen.

ELISABETH. Ich will nicht mehr erinnert werden.

Szene Nummer 6

INVALIDER *(zählt für sich)*. Wohlfahrtsamt. Arbeitsamt. Berufsgenossenschaft. Invalidenversicherung. Spruchausschuss --- Auf Wiedersehen im Massengrab! *(ab)*.

Szene Nummer 7

ARBEITERFRAU *(für sich)*. Massengrab --- Wie lang das dauert, bis dass einer für Dich zuständig ist -- *(ab)*.

Szene Nummer 8

MARIA. Was habens denn angestellt?

ELISABETH. Nichts.

MARIA. Aber eingesperrt hat man Sie doch?

ELISABETH *(schweigt)*.

MARIA. Mir könnens das ruhig sagen -- ich weiss, wie das kommt. Das sind lauter kleine Paragraphen, aber Du bleibst hängen --- Du weisst eigentlich gar nicht, was los war und schon ist es aus. Schauns, meinem Vater habens gleich zehn Tag hinaufgehaut, weil er da paar Bretter vom Bauplatz gestohlen hat --- die sind halt so dagelegen und in unserer

Holzhütten, da hat es in die Betten hineingeregnet. Wenn man schon etwas anstellt, dann müsst es sich aber auch rentieren tun.

ELISABETH *(schweigt noch immer, es ist inzwischen Nacht geworden und die beiden Fräulein sitzen nun allein auf dem Sockel des Vorgartengitters in dem Lichte, das aus den Fenstern des Wohlfahrtsamtes herausstrahlt).*

MARIA. Warens schon einmal verheiratet?

ELISABETH. Nein.

(Stille.)

ELISABETH. Wissens, mein Vater und ich, wir sind zwei verschiedene Personen. Zum Beispiel, wie ich das Licht der Welt erblickt habe, da war er ganz ausser sich, dass ich nur ein Mädel bin. Und das hat er mir dann fortgesetzt nachgetragen. Dabei hat er aber Allüren wie ein Weltmann. Wenn meine Mutter nicht schon tot wär, die könnt darüber so manches trübe Lied zum Besten geben. Alle Männer sind krasse Egoisten.

MARIA. Bei Ihnen ist halt der Richtige noch nicht gekommen.

ELISABETH. Möglich.

MARIA. Der kommt ganz überraschend. Wenn man gar nicht denkt.

(Stille.)

ELISABETH. Mir ist von zehntausend Männern höchstens einer sympathisch.

MARIA. Das schon.

ELISABETH. Ich hab immer selbständig sein wollen -- so mein eigener Herr.

MARIA. Das geht nicht.

(Stille.)

MARIA. Ich hätte ja nichts dagegen, wenn mich einer heiraten tät. Nur schlagen dürft er mich nicht -- Was machens denn jetzt?

ELISABETH. Nichts.

(Stille.)

MARIA. Wir könnten eigentlich per Du sein.

ELISABETH. Gewiss.

(Stille.)

MARIA *(erhebt sich plötzlich)*. Geh komm mit! Schaun wir mal da vor --- da sitzt schon einer drin, der uns ein Schinkenbrot kauft!

ELISABETH. Also nur das nicht!

(Stille.)

MARIA. Warum?

ELISABETH. Nein. Aus Selbsterhaltungsprinzip nicht.

(Stille.)

MARIA. Da staunt der Fachmann und der Laie wundert sich --

Szene Nummer 9

Jetzt erscheint der Baron mit dem Trauerflor -- er sieht etwas ramponiert aus, müde und verbittert. Maria erblickt ihn und starrt ihn fasziniert an.

Szene Nummer 10

BARON *(grüsst chevaleresk)*. Kompliment Madonna! Ich habe es schon befürchtet, dass Du vielleicht nicht erscheinst.

MARIA *(tonlos)*. Ehrensache.

(Stille.)

BARON *(erkennt Elisabeth)*. Ach! *(Er lüftet den Hut und lächelt maliziös.)*

MARIA. Wieso? Du kennst meine fremde Freundin da?

BARON. »Fremd«? *(zu Elisabeth)*. Ursprünglich wollten Sie doch Ihre werte Leiche verkaufen?

MARIA. Leiche?

BARON *(glättet seinen etwas zerknüllten Trauerflor)*. Ja, das waren bessere Zeiten. Damals hatte ich noch meine Generalvertretung --

ELISABETH *(grinst)*. Korsette vielleicht?

BARON. Nein, Likör. Jetzt bin ich parterre.

MARIA *(betrachtet sich in ihrem Taschenspiegel im Lichte, das aus dem Wohlfahrtsamt herausfällt)*. Hugo! Fällt Dir denn nichts auf an mir?

BARON. Ich wüsst es nicht momentan --

MARIA. Da -- *(sie fletscht die Zähne)*. Ich hab seit vorgestern zwei Stiftzähne da vorn -- Weisst, meine beiden Zähne waren doch ganz Bruch und schwarz, weil halt der Nerv schon abgestorben war.

BARON *(lächelt hinterlistig)*. Du hast Dich zu Deinem Vorteil verändert.

MARIA. Ich gefall mir.

Szene Nummer 11

Jetzt erscheint ein Kriminaler, und zwar hinter Maria, die noch ihre Stiftzähne in ihrem Taschenspiegel betrachtet. Der Baron zieht sich etwas zurück und der Kriminaler wartet bis sich Maria umdreht. Nun erblickt sie ihn und zuckt etwas zusammen.

Szene Nummer 12

KRIMINALER. Sie kommen mit. Sie wissen genau warum.

MARIA *(kleinlaut)*. Ich weiss gar nichts.

KRIMINALER. So, Sie wissen gar nichts --

BARON. Und meine Manschettenknöpfe?

(Stille.)

MARIA *(leise)*. Jesus Maria.

BARON. Wer hat sie mir denn gestohlen?

KRIMINALER. Kriminalpolizei. Sie kommen mit.

MARIA *(fixiert den Baron)*. Du hast mich verschuftet?

KRIMINALER. Sind Sie augenblicklich ruhig!

MARIA. Du? Dem ich drei Mark geliehen hab? Drei Mark?

KRIMINALER. Halten Sie Ihren Mund.

BARON *(grüsst wieder chevaleresk)*. Kompliment, Madonna! *(ab)*.

MARIA. Du Sau Du dreckige!!

KRIMINALER *(legt ihr rasch die Schliesszange an)*. Maul halten! Vorwärts! *(Er zerrt sie mit sich ab.)*

MARIA. Au!!

Szene Nummer 13

DER SCHUPO *(Alfons Klostermeyer, kommt rasch auf das Geschrei hin herbei, hält und erblickt Elisabeth. Und sie erblickt ihn)*.

Szene Nummer 14

SCHUPO. Was hat sich denn da abgespielt?

ELISABETH *(lächelt böse)*. Nichts. Es ist bloss ein Fräulein verhaftet worden. Wegen Nichts.

SCHUPO. Geh, das gibt es doch gar nicht!

ELISABETH. Trotzdem.

(Stille.)

ELISABETH. Was starrens mich denn so an?

SCHUPO *(lächelt)*. Ist denn das verboten?

(Stille.)

SCHUPO. Sie erinnern mich nämlich. Besonders in Ihrer Gesamthaltung. An eine liebe Tote von mir.

ELISABETH. Sie reden so mystisch daher.

(Stille.)

SCHUPO. Welche Richtung gehens denn jetzt?

ELISABETH. Wollens mich gar begleiten?

SCHUPO. Ich hab heut keinen Dienst mehr.

ELISABETH. Ich geh lieber allein.

SCHUPO *(ohne Hintergedanken)*. Habens die Polizei nicht gern?

ELISABETH *(zuckt etwas zusammen)*. Wieso?

SCHUPO. Weil Sie nicht wollen, dass ich Sie begleite. Es muss doch auch Polizisten geben, Fräulein! In jedem von uns schlummert zum Beispiel ein Eisenbahnattentäter.

ELISABETH. In mir nicht.

SCHUPO. Geh das gibt es doch gar nicht!

ELISABETH *(ahmt ihn nach)*. »Das gibt es doch gar nicht«!

SCHUPO *(lächelt)*. Sie tun ja direkt, als wärens schon einmal hingerichtet worden.

ELISABETH. Es kümmert sich keiner darum.

SCHUPO. Man darf die Hoffnung nicht sinken lassen.

ELISABETH. Das sind Sprüch.

(Stille.)

SCHUPO. Ohne Glaube Liebe Hoffnung gibt es logischerweise kein Leben. Das resultiert alles voneinander.

ELISABETH. Sie haben leicht reden als Staatsbeamter in gesicherter Position.

SCHUPO. Wir müssen doch alle mal sterben.

ELISABETH. Hörens mir auf mit der Liebe!

(Stille.)

SCHUPO. Fräulein. Jetzt hörens mich aber genau an - nämlich ich beobachte Sie hier vor dem Wohlfahrtsamt bereits schon seit Tagen. Weil Sie mich halt auch erinnern tun --- an eine liebe Tote, wie gesagt.

ELISABETH. Wer war denn diese Tote?

SCHUPO. Meine Braut.

(Stille.)

SCHUPO. Wir waren nämlich ein Herz und eine Seele. Aber sie

hatte es mit der Leber zu tun und jetzt geht mir direkt etwas ab. Warum lächeln Sie da?

ELISABETH. Nur so.

(Stille.)

SCHUPO. Sie sind anscheinend sehr verbittert.

ELISABETH. Ich geh schnell.

SCHUPO. Sie können schnell gehen, aber ich kann auch schnell gehen.

(In der Ferne fällt ein Schuss --- dann noch einer und noch einer; jemand brüllt; Stille.)

SCHUPO *(lauscht)*. Was war denn jetzt das? Mir scheint, die schiessen wieder aufeinander. Also das ist ja schon schier zum Verrücktwerden, dieser latente Bürgerkrieg -- ich schau nur mal nach und bin gleich wieder da, wartens bitte auf mich!

ELISABETH. Gut.

SCHUPO *(ab nach rechts)*.

Szene Nummer 15

Jetzt kommen Frau Amtsgerichtsrat und er selbst der Amtsgerichtsrat von links.

FRAU AMTSGERICHTSRAT. So folge mir doch, August! Geh jetzt da schön hinein in das Wohlfahrtsamt und sag es dem Herrn Regierungsrat, dass Du ihm heute abend leider nicht zur Verfügung stehen kannst, denn Du musst Dich auch mal Deiner Ehehälfte widmen.

AMTSGERICHTSRAT. Ich geh aber nur ungern ins Kino. Zwei Stunden ohne Zigarre.

FRAU AMTSGERICHTSRAT. Oh, das tut Dir gut! So denk doch an Deinen Darm!

AMTSGERICHTSRAT. Ich denke. Der Sanitätsrat hat mich erst gestern wieder gewarnt.

FRAU AMTSGERICHTSRAT. Mich hat er auch gewarnt, dass ich wegen meiner Drüsen nicht soviel Treppen steigen soll --

AMTSGERICHTSRAT *(unterbricht sie)*. Musst Du denn Korsette verkaufen?! Kompletter Irrsinn!

FRAU AMTSGERICHTSRAT. Ich will aber nicht um jeden Pfennig bei Dir betteln!

AMTSGERICHTSRAT. Versündige Dich nicht! Was weisst denn Du schon von der grossen Not? Wo man doch tagaus tagein die armen Leut verurteilen muss, zuguterletzt bloss weil sie kein Dach über dem Kopf haben!

FRAU AMTSGERICHTSRAT. Dann würd ich sie halt nicht verurteilen.

AMTSGERICHTSRAT. Hermine!

(Stille.)

AMTSGERICHTSRAT. So. Und jetzt sag ich es dem Herrn Regierungsrat, dass es heute nichts wird mit unserm Tarock, weil ich mich meiner Ehehälfte widmen möchte -- aber freu Dich, wenn das Kino wieder ein Kitsch ist, Du Mickymaus -- *(ab in das Wohlfahrtsamt)*.

Szene Nummer 16

Frau Amtsgerichtsrat erblicken nun Elisabeth. Sie fixieren sich, aber Elisabeth will niemand mehr kennen aus ihrer Vergangenheit -- doch Frau Amtsgerichtsrat lassen nicht locker.

Szene Nummer 17

FRAU AMTSGERICHTSRAT. Komisch. Wir kennen uns doch --

ELISABETH *(sieht sich ängstlich um)*. Bitte kennen Sie mich nicht, Frau Amtsgerichtsrat -

FRAU AMTSGERICHTSRAT. Also nur keine Angst, Fräulein! Mich geht es ja nichts an, aber wieviel habens denn bekommen?

ELISABETH. Vierzehn Tage.

FRAU AMTSGERICHTSRAT. Sehens, das hab ich Ihnen gleich gesagt!

ELISABETH. Aber ohne Bewährungsfrist.

FRAU AMTSGERICHTSRAT. Ohne?

ELISABETH. Weil ich halt vorher schon die Geldstrafe gehabt habe -- *(sie grinst)*. Wenn ich nur wüsst, was ich verbrochen hab --

FRAU AMTSGERICHTSRAT. Oh ich weiss, wie das zugeht! Mir müssen Sie das nicht erzählen! Lauter Ungerechtigkeiten -- und eine neue Stellung habens natürlich auch keine?

ELISABETH. Nein. Aber zuvor habe ich einen Herren kennen gelernt und dieser Herr hat mir von seiner toten Braut erzählt -- *(sie grinst wieder)*.

FRAU AMTSGERICHTSRAT. Das Beste für Sie wär allerdings: Heiraten.

ELISABETH *(tonlos)*. Ich sage nicht nein.

FRAU AMTSGERICHTSRAT. Man könnt Ihnen gratulieren.

ELISABETH. Wir haben uns durch einen Zufall kennen gelernt.

FRAU AMTSGERICHTSRAT. So fängts an. Kenn ich Fräulein. Kenn ich!

ELISABETH. Vielleicht ist das der grosse Zufall in meinem Leben.

FRAU AMTSGERICHTSRAT. Was ist er denn, der Herr Bräutigam in spe?

ELISABETH. Staatsbeamter.

FRAU AMTSGERICHTSRAT. Staatsbeamter? Weiss er denn etwas von Ihren vierzehn Tagen?

ELISABETH. Nein.

FRAU AMTSGERICHTSRAT. Hm. Das müsstens ihm aber schon sagen, sonst könnt er eventuell Unannehmlichkeiten kriegen mit seiner Karriere --

ELISABETH. Ist denn das möglich?

FRAU AMTSGERICHTSRAT. Absolut.

ELISABETH. Dort kommt er jetzt wieder zurück.

FRAU AMTSGERICHTSRAT. Wo? --- Was? Ein Polizist? --- Na mich geht es ja nichts an. Alles Gute, Fräulein! *(Sie zieht sich von ihr zurück.)*

Szene Nummer 18

SCHUPO *(erscheint wieder; zu Elisabeth)*. So jetzt bin ich frei. Sie haben einen Unbeteiligten erschossen. Dass wir gerade in einer solchen Zeit leben müssen, das denk ich mir oft, Fräulein … *(Er deutet plötzlich auf die Frau Amtsgerichtsrat.)* Was will denn diese Frau dort von Ihnen?

ELISABETH *(lügt)*. Ich kenne sie nicht.

SCHUPO. Weil sie uns so anstarrt.

ELISABETH. Vielleicht verwechselt sie uns. Man verwechselt doch leicht einen Menschen.

SCHUPO. Das schon. Zwar wenn ich als Staatsgewaltsorgan zwei Menschen miteinander verwechseln tät -- das wär nicht gut für meine Karriere.

ELISABETH. Ist das bei Ihnen wirklich so streng?

SCHUPO. Sehr. Und oft schon direkt ungerecht. Ist Ihnen denn kalt, weil Sie mit die Zähn so klappern?

ELISABETH. Ja.

SCHUPO. Sehr?

ELISABETH. Ziemlich.

SCHUPO. Ich tät Ihnen schon gern meinen Mantel umhängen, ich brauch ihn nämlich nicht, aber das ist mir verboten.

ELISABETH *(lächelt)*. Der Mantel ist halt immer im Dienst.

SCHUPO. Pflicht ist Pflicht.

ELISABETH. Kommens, hier zieht es so grausam -- *(langsam ab mit dem Schupo)*.

Szene Nummer 19

Jetzt verlassen der Herr Amtsgerichtsrat wieder das Wohlfahrtsamt.

FRAU AMTSGERICHTSRAT *(plötzlich klatschsüchtig)*. Du August -- dort drüben geht das Fräulein von der Prantl, das war doch der Betrugsfall mit dem Versicherungsinspektor und Zollinspektor.

AMTSGERICHTSRAT. Keine Ahnung!

FRAU AMTSGERICHTSRAT. Aber Du hast sie doch verurteilt --

AMTSGERICHTSRAT. Möglich!

(Stille.)

FRAU AMTSGERICHTSRAT. Dass Du ihr aber keine Bewährungsfrist gegeben hast, das war ungerecht von Dir --

AMTSGERICHTSRAT *(wütend)*. Kümmere Dich um Deine eigenen Ungerechtigkeiten, Hermine!

(Dunkel.)

Viertes Bild

Szene Nummer 1

Schauplatz: Elisabeths möbliertes Zimmer.
Der Schupo (Alfons Klostermeyer) liegt in Unterhosen im Bett und döst vor sich hin. Elisabeth kocht Café und betrachtet ab und zu die weissen Herbstastern, die in einer Vase neben dem Spirituskocher stehen. Draussen scheint die Oktobersonne, aber die Gardinen sind halb heruntergelassen und das Ganze ist ein Bild des glücklichen Friedens zweier liebender Herzen.

Szene Nummer 2

ELISABETH *(riecht an den weissen Herbstastern).* Wie lang, dass die sich halten. Schon fünf Tage. Das hätt ich jetzt aber ursprünglich nicht gedacht, dass Du mir weisse Herbstastern kaufen wirst.

SCHUPO. Mir hat das sofort eine innere Stimme gesagt.

ELISABETH. Trotzdem.

SCHUPO. Hast gedacht, so ein schneidiger Schupo, das ist ein leichtlebiger Falter? Der möchte nur eine mit viel Geld? Weit gefehlt! Ich schätze eine Frau höher ein, die von mir abhängt, als wie umgekehrt. Krieg ich noch ein Küsschen?

ELISABETH. Ja.

SCHUPO. Ist der Café bald fertig?

ELISABETH. Sofort.

SCHUPO *(nimmt die Kopfhörer vom Nachtkastl und legt sie sich an).* Stramm! Schneidig - *(er summt den Radetzkymarsch mit, den die Militärmusik im Radio gerade spielt).*

ELISABETH. Du Alfons -- gestern abend war das eine wunderbare Opernübertragung. Aida.

SCHUPO *(legt die Kopfhörer wieder auf das Nachtkastl).* Hast mich also gar nicht vermisst?

ELISABETH. Aber Alfons!

SCHUPO. Krieg ich noch ein Küsschen?

ELISABETH. Hier hast den Café --- *(sie bringt ihm eine Tasse).* Und hier hast das Küsschen -- *(sie gibt es ihm und setzt sich auf den Bettrand).*

SCHUPO *(geniesst den Café).* Ich bin ja nur froh, dass es schon heute ist. Ständig erhöhte Alarmbereitschaft -- gut, dass die blöden Wahlen vorbei sind! Erst vorgestern nacht habens wieder einen Kameraden von mir erschossen.

ELISABETH. Es müssen halt immer viele Unschuldige dran glauben.

SCHUPO. Das lässt sich nicht umgehen in einem geordneten Staatswesen.

ELISABETH. Das seh ich schon ein, dass es ungerecht zugehen muss, weil halt die Menschen keine Menschen sind - aber es könnt doch auch ein bisschen weniger ungerecht zugehen.

SCHUPO. Also das ist Philosophie. Was gefällt Dir eigentlich an mir?

ELISABETH. Alles.

SCHUPO. Aber welches Wort würde denn am besten zu mir passen?

ELISABETH. Ich weiss es nicht.

SCHUPO. Geh das wirst Du doch wissen!

ELISABETH. Du hast Dich etwas verändert, Alfons. Früher warst Du trauriger.

SCHUPO. Wie das?

ELISABETH. Halt melancholischer.

SCHUPO. Oh das bin ich jetzt auch noch! Das wäre ja gelacht!

ELISABETH. Entschuldige -- *(sie erhebt sich).*

SCHUPO. Wohin? Ach so. Tu Deinen Gefühlen nur kein Korsett an.

ELISABETH *(schrickt etwas zusammen, scharf)*. Wieso Korsett?
SCHUPO *(überrascht)*. Warum?
(Stille.)
ELISABETH *(lächelt)*. Entschuldige bitte, aber ich bin heut halt etwas nervös -- *(sie verschwindet)*.

Szene Nummer 3

SCHUPO *(allein)*. -- melancholisch? Noch melancholischer? -- Wieso noch melancholischer?

Szene Nummer 4

ELISABETH *(erscheint wieder)*.
SCHUPO. Das hat aber lang gedauert.
ELISABETH. Lang?
SCHUPO. Doch nichts besonderes?
ELISABETH. Bitte werde deutlicher.
SCHUPO. Ich hab nämlich immer achtgegeben.
ELISABETH. Ach so.

Szene Nummer 5

Jetzt klopft es an der Türe. Die zwei liebenden Herzen lauschen -- abermals klopft es, und zwar entschiedener.
SCHUPO. Pst! Niemand zu Hause.
ELISABETH. Wer kann das sein?

Szene Nummer 6

STIMME. Kriminalpolizei!
ELISABETH. Jesus Maria!
SCHUPO. Polizei? Und ich lieg da. Ausgerechnet Bananen! *(Er*

packt rasch seine Kleidungsstücke und versteckt sich im Schrank.)

Szene Nummer 7

Es klopft nun noch entschiedener an die Türe. Elisabeth öffnet und ein Herr betritt ihr möbliertes Zimmer. Es ist ein Oberinspektor der Sittenpolizei.

Szene Nummer 8

OBERINSPEKTOR. Geduld bringt Rosen. *(Er sieht sich um und deutet auf das unordentliche Bett.)* Ich habe Sie wohl im Schlaf gestört?

ELISABETH. Warum?

OBERINSPEKTOR. Sie wissen genau warum.

ELISABETH. Ich bin heut nicht ganz auf dem Damm.

OBERINSPEKTOR. Es gibt allerdings Leute, die haben Nachtdienst und sind deshalb untertags ruhebedürftig.

ELISABETH. Wie meinen Sie das?

OBERINSPEKTOR *(hält einen Sockenhalter hoch, den er auf dem Stuhle gefunden hat).* Fräulein pflegen wohl Sockenhalter zu tragen?
(Stille.)

ELISABETH. Was will man denn von mir?

OBERINSPEKTOR. Sie haben von der Polizei einen Unterkommensauftrag gekriegt, darauf steht, dass Sie sich innerhalb dreier Wochen um ein einwandfreies Unterkommen umsehen sollen. Aber Sie haben weder Arbeit, noch haben Sie nachgewiesen, dass Sie sich um eine solche bemüht haben.

ELISABETH. Kümmern Sie sich doch um die Leut, die kein Unterkommen haben!

OBERINSPEKTOR. Keine Hetzreden bitte! Polizeiwidrig ist nicht, wer kein Unterkommen hat, polizeiwidrig ist nur, wer dadurch die öffentliche Ordnung gefährdet.

ELISABETH. Aber ich gefährde doch nicht die öffentliche Ordnung!

OBERINSPEKTOR. Solange Sie sich nicht über Ihre Einkünfte ausweisen können, ist dies fraglich.

ELISABETH. Für mich wird schon gesorgt.

OBERINSPEKTOR. Eben diese freundliche Fürsorge interessiert uns.

ELISABETH. Das habe ich doch schon früher angegeben. Ich erhalte von meinem Bräutigam zwanzig Mark in der Woche. Davon lebe ich.

OBERINSPEKTOR. Wer ist denn dieser Bräutigam?

(Stille.)

OBERINSPEKTOR. Sie nennen also den Namen nicht?

ELISABETH. Nein.

OBERINSPEKTOR. Und warum nicht?

ELISABETH. Weil ich meinem Bräutigam kraft seiner Position eventuell schaden täte.

OBERINSPEKTOR *(grinst)*. Hübsch! Sehr hübsch -- Eventuell sind bei diesen zwanzig Mark mehrere Bräutigams beteiligt.

ELISABETH. Das ist eine Unverschämtheit --

OBERINSPEKTOR *(unterbricht sie)*. Immer nur schön ruhig, Fräulein! Sie entschuldigen, wenn ich indiskret werde - *(er öffnet plötzlich den Kleiderschrank und ist nicht überrascht, einen Mann darin zu finden, aber dass dieser Mann ein Schupo in Unterhosen ist, der von seiner Uniform nur den Rock und die Mütze anhat, scheint ihn etwas peinlich zu berühren).*

Szene Nummer 9

SCHUPO *(steht stramm im Kleiderschrank)*.

OBERINSPEKTOR. Sie hier?

SCHUPO. Es ist alles wahr, was das Fräulein gesagt hat, Herr Oberinspektor.

(Stille.)

OBERINSPEKTOR *(zu Elisabeth)*. Bitte, lassen Sie uns mal etwas allein --

ELISABETH *(zögert)*.

SCHUPO *(zu Elisabeth)*. Sei so gut.

ELISABETH. Bitte -- *(ab)*.

Szene Nummer 10

OBERINSPEKTOR. Hier verbringen Sie also Ihre freien Stunden.

SCHUPO *(ist aus dem Kleiderschrank heraus und zieht sich nun hastig an)*. Wenn ich eine Aufklärung geben darf, Herr Oberinspektor -- hier liegt bestimmt ein Irrtum vor.

OBERINSPEKTOR. Irrtum?! Mensch, wie kommen Sie zu dieser Frau?! Wir haben sie doch im Auge, dass sie zu einer bestimmten Damenkategorie gehört!

SCHUPO. Damenkategorie?

OBERINSPEKTOR. Wahrscheinlich!

(Stille.)

SCHUPO *(lächelt)*. Aber nein, Herr Oberinspektor --

OBERINSPEKTOR. Kennen Sie sie denn überhaupt?

SCHUPO. Kennen jawohl.

OBERINSPEKTOR. Und wollen sie heiraten.

SCHUPO. Ich habe es vor, Herr Oberinspektor.

OBERINSPEKTOR. Wie alt sind Sie denn?

SCHUPO. Vierundzwanzig! Herr Oberinspektor.

OBERINSPEKTOR. Das alte Lied!

SCHUPO *(ist nun wieder angezogen)*. Aber das mit den zwanzig Mark stimmt genau, Herr Oberinspektor.

OBERINSPEKTOR. Monatlich achtzig Mark! Sie sind doch auch nicht fürstlich bezahlt!

SCHUPO. Meine Eltern unterstützen mich.

OBERINSPEKTOR. Was ist denn Ihr Vater?

SCHUPO. Schreinermeister.

OBERINSPEKTOR. Dann hätten Sie lieber Schreiner werden sollen.

SCHUPO. Wie verstehen das Herr Oberinspektor?

(Stille.)

OBERINSPEKTOR. Bedaure, aber Sie scheinen es nicht zu ahnen, wen Sie da an den Traualtar führen wollen -- Ihre Braut hat doch wegen Betrug bereits vierzehn Tage Gefängnis hinter sich.

SCHUPO. Gefängnis?

OBERINSPEKTOR. Betrug. Abgesehen von einer Geldstrafe, die sie sich auch schon mal geholt hat. Dass diesen Damen derlei Verbindungen mit der Polizei ganz erwünscht sind, ist ja menschlich verständlich. Aber ob das Ihrer Karriere sehr förderlich ist --

SCHUPO. Keine Ahnung --

OBERINSPEKTOR. Na also! *(Er öffnet die Türe und ruft hinaus.)* Kommen Sie herein!

Szene Nummer 11

Elisabeth kommt wieder herein. Sie denkt es sich schon, dass jetzt alles aus ist.

(Stille.)

SCHUPO. Betrug? Stimmts?

ELISABETH. Ich weiss, es ist aus.

SCHUPO. Gefängnis?

ELISABETH. Ja.

(Stille.)

SCHUPO. Du Elisabeth. Warum hast Du mir das alles verschwiegen?

ELISABETH. So frag mich doch nicht so saudumm.

(Stille.)

SCHUPO *(steht stramm)*. Besten Dank, Herr Oberinspektor!

OBERINSPEKTOR. Bitte bitte!

SCHUPO *(schlägt die Hacken zusammen und will ab)*.

ELISABETH. Halt!

(Stille.)

SCHUPO. Du hast mich belogen und das ist für mich der entscheidende Punkt.

ELISABETH. Nein, Deine Karriere, das ist er, Dein entscheidender Punkt.

SCHUPO. Nein! Aber zuerst kommt die Pflicht und dann kommt noch Ewigkeiten nichts! Radikal nichts!

(Stille.)

ELISABETH. Du Alfons. Zuvor -- wie Du da drinnen im Schrank warst, da habe ich Dich beschützen wollen.

SCHUPO. Mich?

ELISABETH. Uns.

SCHUPO. Dich! Dich gegen mich! Ich kenn mich schon aus, Fräulein!

(Stille.)

ELISABETH *(grinst)*. Ich hab Dich halt nicht verlieren wollen, lieber Alfons --

SCHUPO *(schlägt wieder die Hacken zusammen)*. Herr Oberinspektor! *(rasch ab)*.

Szene Nummer 12

OBERINSPEKTOR. Also das war wirklich nicht notwendig von Ihnen, dem Mann seine Karriere so leichtfertig zu gefährden --

ELISABETH. Notwendig? Und meine Karriere?

OBERINSPEKTOR. Sie wollen doch nicht behaupten, dass Sie unschuldig sind?

ELISABETH. Oh nein, das habe ich mir schon längst abgewöhnt. Entschuldigens, aber jetzt muss ich lachen -- *(sie setzt sich auf den Bettrand und lacht lautlos).*

OBERINSPEKTOR. Lachens Ihnen nur ruhig aus. *(ab).*

(Dunkel.)

Fünftes Bild

Szene Nummer 1

Polizeirevier. Nach Mitternacht.
Der Schupo (Alfons Klostermeyer) spielt mit einem Kameraden eine Partie Schach. Es regnet draussen, und in weiter Ferne spielt ein Orchester den beliebten Trauermarsch von Chopin – bis Szene 3.

Szene Nummer 2

SCHUPO *(horcht)*. Wer spielt denn da?
KAMERAD. Radio.
SCHUPO. Nach Mitternacht?
KAMERAD. Vielleicht Amerika. Dort ist es jetzt Tag. Du bist dran.
SCHUPO. Sofort.
(Pause.)
SCHUPO *(zieht mit dem Turm)*.
KAMERAD *(überlegt)*. Geh ich daher, geht er dahin. Geh ich dahin, geht er daher. Dunkel wars, der Mond schien helle, als ein Wagen blitzesschnelle - g sieben c drei. Schach!
SCHUPO. Du auch noch.
(Pause.)
SCHUPO. Wer ist denn dran?
KAMERAD. Immer der, der fragt.
(Pause.)
SCHUPO *(erhebt sich)*. Aufgegeben, Matt.
KAMERAD. Matt? In dieser Position?
SCHUPO. Es steckt nichts mehr drinnen.
KAMERAD. Nichts? D fünf d sieben! H zwei g vier!
SCHUPO. Möglich.

Szene Nummer 3

KAMERAD *(betrachtet noch immer das Brett).* Dass Du da die Waffen streckst, wo Du doch sonst jede Partie zu Ende spielst, auch wenn es für Dich hoffnungslos herschaut.

SCHUPO. Mir scheint, ich bin krank. Schon seit einer ganzen Zeit. Wenn ich mich niederleg, werd ich wach, und wenn ich aufsteh, schlaf ich ein.

KAMERAD. Das sind die Nerven.

SCHUPO *(lächelt geschmerzt).* Weisst, ich hab halt eine kleine Aufregung hinter mir.

KAMERAD. Dienstlich?

SCHUPO. Nein. Privat. Betreffs eines Weibes. Da stellst Dich hin und machst alles für so ein Menschenkind, zahlst ihr das Leben, schenkst ihr Deine intimsten Gefühle, Deine freie Zeit, Dein gutes Geld -- und das Resultat? Du bist der Lackierte.

KAMERAD. Undank ist der Welt Lohn.

SCHUPO. Manchmal fang ich schon zum Grübeln an.

KAMERAD. Also nur das nicht! Grübeln ist Gift!

SCHUPO. Von mir aus. Schau - zum Beispiel meine erste Braut, mit der ich sehr harmonisiert habe, die ist mir weggestorben. So bin ich beinander. Die eine stirbt, die andere lügt. Lauter blutige Enttäuschungen. Ich find keinen Menschen, dessen Liebe mir etwas gibt.

Szene Nummer 4

Jetzt betritt ein dritter Schupo das Revier, und zwar bringt er den Präparator mit sich, der total betrunken ist - der Vizepräparator ist auch dabei, und ebenfalls nicht mehr ganz auf der Höhe infolge Alkoholgenusses.

DRITTER SCHUPO. So! Da wären wir!

VIZEPRÄPARATOR. Aber lieber Herr Wachtmeister -

DRITTER SCHUPO *(unterbricht ihn).* Ruhe! *(zu seinen Kameraden).* Nächtliche Ruhestörung und Beamtenbeleidigung!

VIZEPRÄPARATOR. Wieso hernach Beamtenbeleidigung?

DRITTER SCHUPO. Wieso hernach? Hat er denn nicht gebrüllt und getobt und mit diesem seinem Spazierstock gegen die Rolläden getrommelt, dass die ganze Strass aufgewacht ist? Hat er mir nicht gesagt, Sie Rindvieh, Sie krummgebohrtes?! Oder vielleicht?!

(Stille.)

VIZEPRÄPARATOR. Entschuldigens bitte, aber ursprünglich wollten wir heute abend in aller bescheidenen Zurückgezogenheit den zweiundsechzigsten Geburtstag dieses Herrn dort feiern, aber der Mensch denkt -

KAMERAD *(grinst).* -- und Gott lenkt.

PRÄPARATOR *(scharf).* Und wer ist schuld? Der Oberpräparator.

DRITTER SCHUPO. Ruhe! *(Er deutet auf das Schachbrett.)* Wer hat denn da gewonnen?

KAMERAD. Ich.

DRITTER SCHUPO. Du? Gegen den? Nicht möglich.

SCHUPO. Ich hab heut keinen Kopf.

PRÄPARATOR. Meine Herren! Wer ist mein Feind? Der Oberpräparator und nur der Oberpräparator.

DRITTER SCHUPO. Schluss mit der Debatte!

KAMERAD. Was schwätzt denn der da immer von einem Oberpräparator?

VIZEPRÄPARATOR. Aber das ist es ja eben -- ich bin nämlich der Vizepräparator, und der Oberpräparator das ist dieser Herr da persönlich. Voriges Monat ist er avanciert, aber wenn er sich betrunken hat, vergisst er es immer wieder, dass er befördert worden ist. Jener bewusste Oberpräparator, den dieser Oberpräparator da meint, den hat ja Gottseidank schon längst der Teufel geholt - der hat sich nämlich infiziert, an einem Leichnam. Aus Brünn.

DRITTER SCHUPO. Jetzt aber Schluss! Setzen! Das Protokoll!

Szene Nummer 5

BUCHHALTER *(stürzt herein).* Hilfe Herr Wachtmeister! Da draussen liegt ein Fräulein drüben beim Kanal!

KAMERAD. Beim Kanal?

DRITTER SCHUPO. Was für ein Fräulein?

BUCHHALTER. Selbstmord! Wir haben sie aus dem Wasser heraus - das heisst nicht ich, sondern ein tollkühner Lebensretter. Mir scheint, sie lebt noch! Da!

Szene Nummer 6

ZWEI MÄNNER *(einer im Smoking, erscheinen nun und auch der tollkühne Lebensretter. Sie tragen die aus dem Kanal herausgerettete Elisabeth und legen sie auf eine Bank. Der tollkühne Lebensretter heisst Joachim und ist total durchnässt und friert ziemlich - der eine Schupo reicht ihm eine Decke, die er sich umhängt. Alle, ausser dem Präparator, beschäftigen sich nun mit Elisabeth. Auch der Schupo Alfons Klostermeyer tritt an sie heran, erkennt sie und starrt sie an).*

BUCHHALTER. Es ist noch ein Funke Leben in ihr -

DRITTER SCHUPO. Sofort künstliche Atmung!

VIZEPRÄPARATOR. Kenn ich genau. Darf ich helfen? Hab zwei Semester Medizin, aber dann ist mir das Geld ausgegangen -

KAMERAD. Los los!

PRÄPARATOR. Und etwas Schnaps!

JOACHIM. Auch für mich bitte.

PRÄPARATOR *(zu Joachim)*. Allerhand Schneid. In stockdunkler Nacht im November ins Wasser springen - tollkühn! Sehr tollkühn!

JOACHIM. Aber ich erfüllte doch nur meine normale menschliche Pflicht - *(er trinkt aus der Schnapsflasche)*.

PRÄPARATOR. Zu bescheiden, zu bescheiden. *(Er nimmt ihm die Schnapsflasche weg und wendet sich an den Schupo.)* Hab ich nicht recht, Herr General?

SCHUPO. Ich bin kein General.

PRÄPARATOR. Also auf das Wohl des tollkühnen Lebensretters! Prost! *(Er trinkt.)*

JOACHIM *(zum Schupo)*. Ich ging vorbei und hörte etwas in das Wasser plumpsen und sah einen silbrigen Schein - das war ihr Gesicht. Ich sprang sofort hinein und griff zu. Ehrensache. Hätte doch jeder getan. Sie auch.

SCHUPO. Natürlich.

PRÄPARATOR. Das kommt gross in die Zeitung. Mit Photographie. Der tollkühne Lebensretter soll leben! Hoch! *(Er trinkt wieder.)*

DRITTER SCHUPO *(bei Elisabeth)*. Wo bleibt denn der Schnaps?

PRÄPARATOR. Da!

JOACHIM *(zum Schupo)*. Könnt ich mal telephonieren?

SCHUPO. Dort bitte.

KAMERAD *(tritt zum Schupo)*. Sie hat nichts bei sich. Nur einen ungültigen Wandergewerbeschein --

PRÄPARATOR. Wandergewerbeschein?

KAMERAD. Jawohl.

PRÄPARATOR *(wendet sich Elisabeth zu und betrachtet sie aufmerksam)*.

Szene Nummer 7

Während sich nun alles, ausser dem Schupo und den beiden Männern, die das Polizeirevier bereits wieder verliessen, sowie dem Präparator, um Elisabeth bemüht (künstliche Atmung und dergleichen), telephoniert Joachim mit seiner Mama.

JOACHIM. Halloh! Mama! Bist Du es, Mama? - Oh nein, fürchte Dich nicht, dass ich Dich so aus dem Schlaf heraushol, aber ich habe soeben einer Selbstmörderin das Leben gerettet -- Tollkühn, was? Ehrensache! Komm auch in die Zeitung, mit Photographie, ist doch eine unbezahlbare Reklame für die Firma, so umsonst in der ganzen Presse -- Halloh! Aber jetzt krieg ich doch dann mein Motorrad, was? - Wie? Du hast es mir doch versprochen! Werden sehen? Adieu! *(Er hängt wütend ein, für sich.)* Altes Dromedar.

Szene Nummer 8

SCHUPO. Ist sie tot?
KAMERAD. Mir scheint, sie atmet.
VIZEPRÄPARATOR. Werden sehen, werden sehen!

Szene Nummer 9

PRÄPARATOR *(hat Elisabeth erkannt)*. Sie ist es. Pfeilgerade. Diejenige welche - *(er wendet sich zerknirscht an den Schupo)*. Herr Staatsanwalt -

SCHUPO *(unterbricht ihn)*. So lassens mir doch meine Ruh!

PRÄPARATOR. Aber haben Sie doch Zeit für mich, bitte - ich muss Ihnen ja ein Geständnis ablegen. Jenes Fräulein dort ist ermordet worden.

SCHUPO *(stutzt)*. Ermordet?

PRÄPARATOR. Ich kenne den Mörder.

SCHUPO. Was reden Sie da?!

(Stille.)

PRÄPARATOR. Nämlich das mit dem Zollinspektor und Versicherungsinspektor - ich hab mich geirrt, Herr Generalstaatsanwalt! Auge um Auge, Zahn um Zahn! So verhaftens mich doch und machens kurzen Prozess! Seiens fesch, hängens mich auf!

VIZEPRÄPARATOR *(zum Schupo)*. Jetzt hat er seinen Moralischen.

SCHUPO *(zum Präparator)*. Sie Sau Sie!

PRÄPARATOR. Oh Gott! *(Er setzt sich in eine Ecke.)* Gefasst betret ich das Schafott - Walte Deines Amtes, Henker! Und betet für mich, liebe Leutl, damit ihr nicht in Versuchung kommet, und wenn ihr mal recht blöd seid, dann denkts an mich - *(er vergräbt sein Gesicht in die Hände und verharrt so erschüttert)*.

Szene Nummer 10

DRITTER SCHUPO. Da ist sie!

Szene Nummer 11

Elisabeth erwacht aus ihrer Ohnmacht, ist aber noch immer abwesend - nun sitzt sie auf der Bank und sieht sich um. Noch fasst sie nichts, und nur allmählich kommt ihr wieder die Erinnerung.

Szene Nummer 12

ELISABETH *(zum Buchhalter)*. Wer bist Du?

BUCHHALTER. Wer? Meine Wenigkeit?

(Stille.)

DRITTER SCHUPO *(hält ihr die Schnapsflasche hin)*. Da Fräulein -

ELISABETH *(starrt den Buchhalter noch immer an).* Wer bist Du?

VIZEPRÄPARATOR *(zum Buchhalter).* So redens doch!

BUCHHALTER. Ich? Nichts.

ELISABETH *(lächelt).* Nichts - *(sie sieht sich plötzlich ängstlich um).* Bin ich denn noch?

KAMERAD *(lächelt).* Gewiss.

DRITTER SCHUPO *(hält ihr noch immer die Schnapsflasche hin).* Da Fräulein -

ELISABETH *(mustert plötzlich entsetzt den Kameraden).* Was hast Du denn da an?

KAMERAD *(etwas verwirrt).* Wieso?

ELISABETH. Grün, grau, silber - Habt Ihr mich denn schon wieder? Was hab ich denn schon wieder verbrochen?

DRITTER SCHUPO. Nur immer mit der Ruhe - Wir sind doch zu Ihrem Schutze da. Aber sicher.

ELISABETH *(abwesend).* Wer hat mich denn da angehaucht?

KAMERAD. So kommens doch wieder zu sich Fräulein - schauns, man lebt nur einmal wer wird da denn gleich ins Wasser!

ELISABETH. Habt Ihr mich wieder heraus -

JOACHIM. Ich.

(Stille.)

ELISABETH. So kümmert Euch doch nicht um mich!

JOACHIM. Das ist der Dank.

ELISABETH. Jetzt war ich schon fort und jetzt gehts wieder los und niemand ist zuständig für Dich und Du hast so gar keinen Sinn -

VIZEPRÄPARATOR *(berührt ihre Schulter).* Nur nicht die Hoffnung sinken lassen - jeder Mensch hat seinen Sinn im Leben, und wenn nicht für sich selbst, dann für einen Anderen.

ELISABETH. Ich nicht.

VIZEPRÄPARATOR. Doch!

ELISABETH. Nein!

VIZEPRÄPARATOR *(zum Kameraden)*. Also da kann ich schon direkt wild werden, wenn mir da jemand widerspricht! Ich hab doch tagtäglich mit die Toten zu tun und dann denkt man doch schon ganz automatisch über den Sinn des Lebens nach. Wenn ich als Vizepräparator -

ELISABETH *(unterbricht ihn)*. Vizepräparator? - *(schrill)*. Wie gehts denn dem lieben Herrn Präparator? Füttert er noch immer die Tauben?

Szene Nummer 13

PRÄPARATOR. Jawohl! *(Er erhebt sich voll Würde, aber noch immer etwas schwankend.)* Die Tauben sitzen auf meinen Schultern und fressen mir aus meiner Hand, der Kanari singt und meine Schlange hab ich dressiert. Ich hab einen Stall voll weisser Mäus und meine drei Goldfische heissen Anton, Josef und Herbert. Ich muss um mehr Autorität bitten, und zwar energisch. Man weiss es anscheinend noch nicht, wer ich bin?! Ich bin der Oberpräparator, bitt ich mir aus. Und wenn ich jemand umbring, dann mach ich das schon mit mir selber aus. Allein mit meinem Gott! Wachtmeister! Guten Morgen, Leute! *(ab)*.

ALLE *(ausser Elisabeth, reissen unwillkürlich die Hacken zusammen)*. Guten Morgen, Herr Oberpräparator!

Szene Nummer 14

ELISABETH *(erblickt nun ihren Schupo, schnellt empor und beisst in ihre Hand)*.

VIZEPRÄPARATOR. Nanana!

(Stille.)

BUCHHALTER. Mir scheint, sie halluziniert.

JOACHIM. Ist doch auch schliesslich keine Kleinigkeit das kalte Wasser in dieser Jahreszeit, bei stockdunkler Nacht.

ELISABETH *(hebt langsam die Hand über die Augen, als würde sie von der Sonne geblendet)*. Bist Du das, Alfons?

(Stille.)

KAMERAD. Was denn los, Klostermeyer? Kennt Ihr Euch?

ELISABETH. Kennen wir uns?

(Stille.)

ELISABETH. So sag es Ihnen doch, ob Du mich kennst -

SCHUPO. Wir kennen uns.

ELISABETH *(grinst)*. Brav. Sehr brav -

(Stille.)

ELISABETH. Was macht denn die Karrier?

DRITTER SCHUPO *(zu Alfons Klostermeyer)*. Was soll denn das?

SCHUPO. Später.

ELISABETH. Warum später?

(Stille.)

SCHUPO *(zieht sich seine weissen Handschuhe an)*. Ich habe Dienst. Ich muss zur Parade.

ELISABETH. Parade?

SCHUPO. Vor der Residenz. Es wird bald Tag.

ELISABETH. Es ist noch dunkel, Alfons.

SCHUPO. Zwischen uns ist alles klar.

ELISABETH. Meinst Du?

SCHUPO. Es ist aus.

(Stille.)

ELISABETH. Wie einfach Du fort bist -

SCHUPO. Red nicht weiter, bitte.

ELISABETH *(lächelt böse)*. Warum nicht?

(Stille.)

SCHUPO. Provozier hier nicht aus der Erde heraus! Was kann

denn ich dafür, dass Du ins Wasser gehst?! Ich habe Dir meinen Arm gereicht -

ELISABETH *(unterbricht ihn)*. Lass ihn Dir abhacken, Deinen Arm!

(Stille.)

ELISABETH. Jetzt geh ich. -- Hörst Du mich, Alfons?

DRITTER SCHUPO *(steht vor ihr in der Türe)*. Halt!

ELISABETH *(sieht ihn gross an)*. Gute Nacht.

DRITTER SCHUPO. Nein.

(Stille.)

ELISABETH. So lassens mich doch fort -

DRITTER SCHUPO. Wohin?

ELISABETH. Das geht Dich nichts an.

DRITTER SCHUPO. In diesem Zustand bleiben Sie da. Das ist unsere Pflicht.

(Stille.)

ELISABETH *(lächelt wieder böse)*. Habt Ihr mich wieder?

KAMERAD. Nicht in Haft. Nur in Schutzhaft.

ELISABETH. Schutz?

DRITTER SCHUPO. In Ihrem Interesse.

ELISABETH. Komisch. Jetzt steht Ihr da um mich herum und bringt es nicht fertig, dass man seinen Wandergewerbeschein bekommt - *(sie grinst)*.

VIZEPRÄPARATOR. Sie Kind -

ELISABETH. Ich rede jetzt nicht direkt persönlich, denn ich bin darüber momentan hinaus - *(sie brüllt ihren Alfons plötzlich an)*. Glotz mich nicht so an! Geh mir aus den Augen, sonst reiss ich mir die Augen aus! Bild Dir doch nicht ein, dass ich wegen Dir ins Wasser bin, Du mit Deiner grossen Zukunft! Ich bin doch nur ins Wasser, weil ich nichts mehr zum Fressen hab - wenn ich was zum Fressen gehabt hätt, meinst, ich hätt Dich auch nur angespuckt?! Schau mich nicht so an!! *(Sie wirft mit der Schnapsflasche nach seinen Augen, verfehlt aber ihr Ziel.)* Da!

KAMERAD *(erfasst ihren Arm)*. Halt!

ELISABETH. Auslassen!

JOACHIM. Im Gegenteil!

ELISABETH *(brüllt)*. Auslassen! Auslassen!

DRITTER SCHUPO. Ruhe!

JOACHIM. Au! Die beisst!

VIZEPRÄPARATOR. Was? Beissen wirst Du - beissen?!

ELISABETH *(zieht sich verschüchtert zurück)*.

BUCHHALTER. Jetzt beisst sie ihren eigenen Lebensretter -

ELISABETH *(fletscht die Zähne)*.

Szene Nummer 15

In der Ferne marschiert nun eine Formation mit Musik vorbei -- und zwar auf den Marsch »Alte Kameraden«. Dann verhallt die Musik und Elisabeth sitzt in sich zusammengesunken auf einem Stuhl.

Szene Nummer 16

SCHUPO. Die Parade --- *(er setzt sich seinen Helm auf)*. Höchste Eisenbahn.

KAMERAD. Ist noch Zeit, Klostermeyer. Wart auf uns -- *(er zieht sich seine weissen Handschuhe an)*.

DRITTER SCHUPO. Wir müssen doch auch.

VIZEPRÄPARATOR. Was knurrt denn da?

BUCHHALTER. Dem Fräulein ihr Magen.

DRITTER SCHUPO *(zum Kameraden)*. Hast nichts dabei?

KAMERAD. Doch --- *(er gibt aus seiner Manteltasche Elisabeth ein Brötchen)*.

ELISABETH *(nimmt es apathisch und knabbert daran)*.

DRITTER SCHUPO *(zieht sich ebenfalls seine weissen Handschuhe an)*. Schmeckts?

ELISABETH *(lächelt apathisch - plötzlich lässt sie das Brötchen fallen und sinkt über den Tisch).*

VIZEPRÄPARATOR. Hoppla!

DRITTER SCHUPO. Halt! *(Auch er bemüht sich, genau wie der Vizepräparator, um Elisabeth.)*

KAMERAD. Das ist nur so ein Schwächegefühl.

BUCHHALTER. Wahrscheinlich vom Magen heraus empor -

VIZEPRÄPARATOR. Ein schwaches Herz.

BUCHHALTER. Magen oder Herz - gehüpft wie gesprungen!

JOACHIM. Es ist doch auch keine Kleinigkeit bei stockdunkler Nacht im November ins eiskalte Wasser -

VIZEPRÄPARATOR *(zu Elisabeth).* Dageblieben, dageblieben -

ELISABETH *(erwacht wieder; lächelt schwach).* Könnt ich hier jemand Zuständigen sprechen?

DRITTER SCHUPO. Zuständig?

ELISABETH *(nickt ja).* - in einer dringenden Angelegenheit - es soll ja noch schlechter werden, aber ich lasse den Kopf nicht hängen - *(sie schlägt mit der Hand in die Luft, als würde sie Fliegen abwehren).* Na! Da fliegen lauter so schwarze Würmer herum - *(sie stirbt sanft).*

Szene Nummer 17

BUCHHALTER *(nähert sich leise der toten Elisabeth und klopft auf die Tischplatte; behutsam).* Herein, Fräulein. Herein!

DRITTER SCHUPO. Ich befürchte das Schlimmste.

SCHUPO *(nimmt seinen Helm ab).*

VIZEPRÄPARATOR *(beugt sich über Elisabeth).* Sie hat es überstanden. Wahrscheinlich das Herz. Na wir werden es ja morgen sehen --

JOACHIM. Es war umsonst --- *(ab).*

Szene Nummer 18

SCHUPO. Umsonst -- *(er tritt an seine tote Elisabeth heran und streicht ihr über das Haar).* Du armes Menschenkind. Ich hab kein Glück. Ich hab kein Glück.

BUCHHALTER.

Ich lebe, ich weiss nicht wie lang,
Ich sterbe, ich weiss nicht wann,
Ich fahre, ich weiss nicht wohin,
Mich wundert, dass ich so fröhlich bin -- *(ab).*

Szene Nummer 19

VIZEPRÄPARATOR. Ein Dichter.

DRITTER SCHUPO. Es regnet noch immer.

KAMERAD. Das wird eine verregnete Parade.

SCHUPO. Wahrscheinlich.

VIZEPRÄPARATOR. Darf ich mich jetzt empfehlen -- *(ab).*

Szene Nummer 20

Und nun marschiert draussen eine Formation mit Musik vorbei – und zwar abermals auf den Marsch »Alte Kameraden«. Die drei Schupos setzen sich ihre Helme auf und verlassen das Polizeirevier, denn sie müssen bekanntlich zur Parade. Nur Alfons Klostermeyer wirft noch einen letzten Blick auf seine tote Braut Elisabeth.

Vorhang.

ENDE.

Material zur Textgenese

Vorarbeit: Kasimir und Karoline / Glaube Liebe Hoffnung-Szenerie

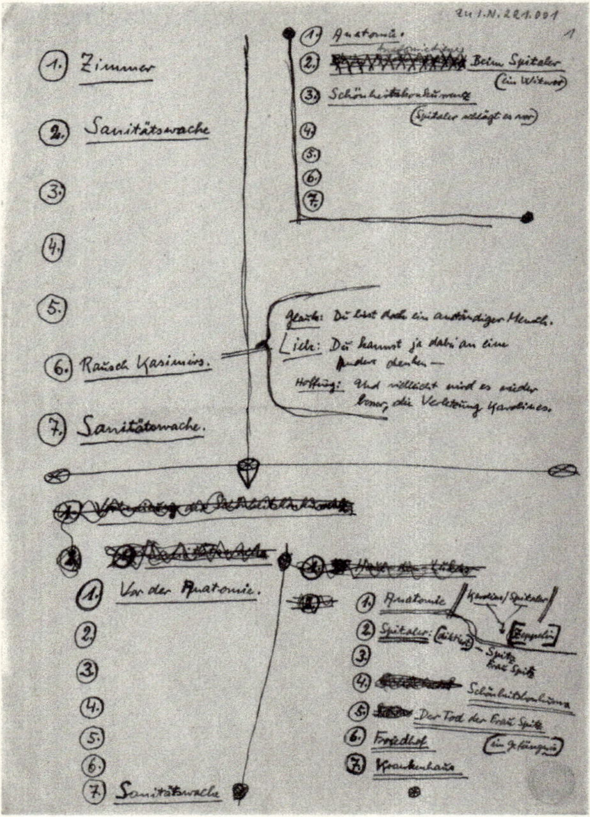

IN 221.001/7 – BS 45 a [7], Bl. 1

Strukturpläne in 7 Bildern mit Notizen

[1.] Zimmer

[2.] Sanitätswache

[3.]

[4.]

[5.]

[6.] Rausch Kasimirs. =

[7.] Sanitätswache.

[1.] Anatomie.
Anatomiediener

[2.] ~~Beim Anatomiediener~~ Beim Spitaler
(ein Witwer)

[3.] Schönheitskonkurrenz
(Spitaler schlägt es vor)

[4.]
[5.]
[6.]
[7.]

Glaube: Du bist doch ein anständiger Mensch.

Liebe: Du kannst ja dabei an eine Andere denken –

Hoffnung: Und vielleicht wird es wieder besser, die Verletzung Karolines.

~~[1.] Vorbereitung der Schönheitskonkurrenz.~~

~~[2.]~~ ~~[1.]~~ ~~Sanitätswache~~
[1.] Vor der Anatomie.

[2.]

[3.]
[4.]
[5.]

[6.]
[7.] Sanitätswache

~~[1.] V Haut-den-Lukas~~
~~[2.]~~ [1.] Anatomie // Karoline/Spitaler //
[Zeppelin]

[2.] Spitaler: [diktiert] – Spitz
Frau Spitz

[3.]
[4.] ~~Schönheitsk~~ Schönheitskonkurrenz
[5.] ~~Schön~~ Der Tod der Frau Spitz
[im Gefängnis]
[6.] Friedhof
[7.] Krankenhaus

1. Bild »Vor der Anatomie«

Fassung mit Notizen zu anderen Bildern (Korrekturschicht)

[IN 221.001/6 – BS 45 a [6], Bl. 1–3]

[Bl. 1]

Erstes Bild
Vor der Anatomie.

KAROLINE
DIENER Sie wünschen?
KAROLINE Das ist doch hier das anatomische Institut?
DIENER Jawohl, Fräulein.
KAROLINE Ich meine, das ist doch hier, wo die Menschen zerstückelt werden?
DIENER *(lächelt)* Die Leichen, Fräulein! Die Leichen!
KAROLINE *(lächelt)* Natürlich die Leichen.
DIENER Na und?
KAROLINE Ich möchte gerne eine Auskunft haben -- ich habe nämlich gehört, dass man sich der Anatomie verkaufen kann, dass nämlich wenn man stirbt, dass man zerschnitten werden kann -- ich möcht mich gern verkaufen.
DIENER Also das schlagens Ihnen nur aus dem Kopf! Das gibt es hier nicht! Das ist ein sehr weit verbreiteter Irrtum! Wir haben Leichen genug in Hülle und Fülle!
KAROLINE Und ich hab gemeint dass wenigstens für die Leichen noch was bezahlt wird --
DIENER Sie sind arbeitslos?
KAROLINE Natürlich! Und ausgesteuert!
DIENER Das ist eine schlimme Zeit!
KAROLINE Ja.
(Stille)

DIENER *(betrachtet sie)* Hörens mal, Fräulein, ich hätt einen Vorschlag: was machens denn heut abend?

KAROLINE Ich weiss garnicht wo ich schlafen soll. Meine Wirtin hat alles weggesperrt. [Bl. 2]

DIENER Ich hätt einen Vorschlag. Kommens zu mir. Ich hätt vielleicht eine Stelle für Sie.

KAROLINE Das kenn ich schon. Nein, mit mir können Sie das nicht machen.

SPITALER *(in Trauer kommt mit dem Arzt aus der Anatomie)*

DOKTOR Also die genaue Todesursache lässt sich nicht genau feststellen. Es ist möglich, dass die Lenkstange, wie sie den Brustkorb eingedrückt hat, den Tod herbeigeführt hat -- es ist aber auch ebenso möglich, dass sich etwas anderes verletzt hat.

SPITALER Arme Frau! Ich hätt es ihr nicht erlauben sollen, dass sie chauffiert! Eine Frau gehört nicht an das Volant -- -- Ich mache mir fürchterliche Vorwürfe!

DOKTOR Sie können doch nichts dafür. Die Strasse war doch vereist.

SPITALER Man macht sich immer Vorwürfe. Es ist schlimm. Und jetzt das Begräbnis -- und dann kommen die Verwandten -- brr! Sehen Sie, lieber Herr Doktor, so rasch ist das Leben zu Ende -- -- und heut abend muss ich wieder mit lachendem Gesicht dastehen. Lachend! Wir haben doch heut abend unsere Schönheitskonkurrenz, und derweil liegt mein Weib da hinten im Keller --

DOKTOR Kopf hoch, lieber Spitaler! Kopf hoch! *(ab)*

SPITALER *(geht auf die Strasse und zündet sich eine Zigarette an -- erblickt Karoline und fixiert sie)*

(Surren in der Luft; Zeppelin)
DOKTOR UND DIENER *(stürzen heraus)*

SPITALER Haben Sie auch den Zeppelin gesehen?
KAROLINE Ich habe doch keine zugewachsenen Augen.
(Stille)
SPITALER Haben Sie auch einen teueren Toten da drinnen?
KAROLINE Nein. Ich wollt mich anbieten -- meine Leiche.
SPITALER Ihre Leiche. [Bl. 3]
KAROLINE Ja, weil ich halt kein Geld habe.
SPITALER Komisch! Auf was für Ideen die Leut kommen! Das können Sie aber doch eher lebend verdienen. Sie sehen doch gut aus -- drehen Sie sich mal um. Ich hab dafür einen Blick, weil ich gewissermassen in der Vergnügungsbranche tätig bin. Leiche verkaufen -- welch abstruse Idee --
KAROLINE Ich hab halt kein Geld.
SPITALER Kommen Sie heut abend zu mir ins Büro. Hier die Karte.

KAROLINE *(liest)*
DIENER Na was hat er denn gesagt?
KAROLINE Wer ist dieser Herr eigentlich?
DIENER Wissen Sie, das ist der, der so verschiedene Sachen veranstaltet -- heut abend veranstaltet er eine Schönheitskonkurrenz -- -- Ich werd Ihnen das alles heut abend näher erklären --

XXXXXXXXXXXXXXXXXXXXXXXX

[Bl. 4]
<u>Zweites Bild</u>
Beim Anatomiediener.

DIENER Meine Frau ist verreist -- ich bin Strohwitwer! Ich krieg heut abend Besuch!

KAROLINE Ich bin so müd -- lassens mich schlafen!
DIENER Gut! Zuerst sich vollfressen und dann schlafen! Eine Gemeinheit ist das!
KAROLINE So haben Sie doch Verständnis mit mir!
DIENER Gut! *(Ab)*

KAROLINE *(schläft) (Es erscheint ihr die himmlische und irdische Schönheit)*

Drittes Bild
Spitaler entlässt die Stenotypistin.
Karoline kommt.

Viertes Bild
Beim Diener. Die Frau kommt zurück.

Fünftes Bild
Schönheitskonkurrenz.
Sechstes: Friedhof.
Siebentes: Krankenhaus.
Achtes: Gefängnis.

Vorarbeit: Typoskripte von Lukas Kristl

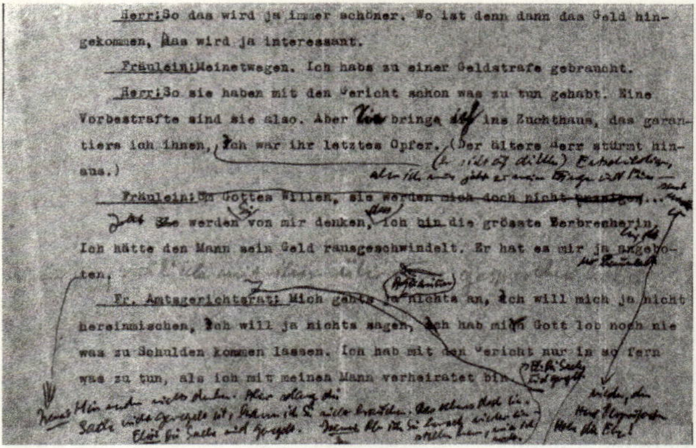
Herr: So das wird ja immer schöner. Wo ist denn dann das Geld hingekommen, das wird ja interessant.

Fräulein: Meinetwegen. Ich habe zu einer Geldstrafe gebraucht.

Herr: So sie haben mit den Bericht schon was zu tun gehabt. Eine Vorbestrafte sind sie also. Aber Sie bringe ich ins Zuchthaus, das garantiere ich ihnen, Ich war ihr letztes Opfer. (Der ältere Herr stürmt hinaus.)

Fräulein: Um Gottes Willen, sie werden mich doch nicht ...

Sie werden von mir denken, ich bin die grösste Verbrecherin. Ich hätte den Mann sein Geld rausgeschwindelt. Er hat es mir ja angeboten.

Fr. Amtsgerichtsrat: Mich gehts ja nichts an, ich will mich ja nicht hereinmischen, Ich will ja nichts sagen, ich hab mich Gott lob noch nie was zu Schulden kommen lassen. Ich hab mit den Bericht nur in so fern was zu tun, als ich mit meinen Mann verheiratet bin.

Von Kristl getipptes Blatt mit hs. Eintragungen Horváths, ÖLA 3/W 20 – BS 39 c [4], Bl. 1 (Ausschnitt).

Im Korsettenladen

Fragmentarische Fassung
eines Bildes (Grundschicht)

[ÖLA 3/W 20 – BS 39 c [4], Bl. 1]

\Textverlust\
INHABER Was von den Herrn haben sie auch 150 Mk. gekriegt.
FRÄULEIN Aber das hab ich doch damals noch nicht gewusst, dass sie mir das geben.
HERR Aber dass ihr Vater nicht Zollinspektor sondern Versi-

cherungsinspektor, aber das haben sie damals auch schon gewusst. Geben sie mir auf der Stelle mein Geld wieder!

FRÄULEIN Ich habs jetzt nicht, ich habs gebraucht, aber wenn ich jetzt verdiene.

HERR Sie haben also glatt unter Vorspiegelung falscher Tatsachen, ja unter Vorspiegelung falscher Tatsachen, das Geld herausgeschwindelt, sie sind ja direkt auf Schwindel ausgegangen, das hat sich jetzt herausgestellt. Sonst müssten sie doch das Geld noch haben. Bare 150 Mk.. Man muss sich vorstellen, was das in der heutigen Zeit bedeutet.

FRÄULEIN Nein, nein das ist alles falsch, ich kanns jetzt nicht sagen, aber ich hab das Geld nicht für mich gebraucht.

HERR So das wird ja immer schöner. Wo ist denn das Geld hingekommen, das wird ja interessant.

FRÄULEIN Meinetwegen. Ich habs zu einer Geldstrafe gebraucht.

HERR So sie haben mit den Gericht schon was zu tun gehabt. Eine Vorbestrafte sind sie also. Aber ich bringe sie ins Zuchthaus, das garantiere ich ihnen, ich war ihr letztes Opfer. *(Der ältere Herr stürmt hinaus.)*

FRÄULEIN Um Gottes Willen, sie werden mich doch nicht anzeigen. Sie werden von mir denken, ich bin die grösste Verbrecherin. Ich hätte den Mann sein Geld rausgeschwindelt. Er hat es mir ja angeboten.

FR. AMTSGERICHTSRAT Mich gehts ja nichts an, ich will mich ja nicht hereinmischen, ich will ja nichts sagen, ich hab mich Gott lob noch nie was zu Schulden kommen lassen. Ich hab mit den Gericht nur in so fern was zu tun, als ich mit meinem Mann verheiratet bin.

\Textverlust\

Vor dem Wohlfahrtsamt

Fragmentarische Fassung eines Bildes (Grundschicht)

[ÖLA 3/W 20 – BS 39 c [4], Bl. 2]

\Textverlust\
(Unter der Menge befindet sich auch unser Fräulein. Es geht zum Wohlfahrtsamt hinüber und die Treppe hinauf. Von innen kommt ein Sipomann heraus und sieht noch die sich langsam Zerstreuenden schimpfend weggehen.)

SIPO Was war denn da los?

FRÄULEIN Ich weiss es nicht genau, ein Kriminaler hat eine verhaftet. Gewehrt hat sie sich und da hat er sie mit dem Achter gepackt. Man kommt ja so leicht in was hinein, ich weiss es zur Genüge.

SIPO Sie – warum denn sie? Mit ihnen hab ich doch noch nie was gehabt, wenn alle so wären wie sie.

FRÄULEIN So glauben sie. Sie kennen mich ja gar nicht.

SIPO Ich hab sie schon seit ein paar Tage hier gesehen. Ich hab doch hier Dienst. Sie haben mich nur nicht gesehen.

FRÄULEIN Das meinen sie, aber das muss nicht stimmen.

SIPO So.

FRÄULEIN *(lächelt.)*

SIPO *(lächelt auch.)*

\Abbruch der Bearbeitung\

»Im Zimmer des Fräulein«

Fragmentarische Fassung (Korrekturschicht)

[ÖLA 3/W 20 – BS 39 c [4], Bl. 3–5]

[Bl. 3]

Im Zimmer des Fräulein.

Gespräch zweier Liebenden hinter einem Vorhang.

Es klopft.
Die Beiden verstummen.
Es klopft stärker.
Ein Flüstern hinter dem Vorhang.

ES KLOPFT ABERMALS Kriminalpolizei.

EINE WEIBLICHE STIMME Polizei ist da, um Gotteswillen.

EINE MÄNNLICHE STIMME Und ich liege da. Was kann das sein? Ausgerechnet!

EINE WEIBLICHE STIMME Einen Moment bitte.

Der Vorhang öffnet sich halb, ein Bett wird sichtbar;
Das Fräulein erscheint flüchtig angezogen.
Es öffnet.

POLIZEIBEAMTER Geduld bringt Rosen.

FRÄULEIN Entschuldigen sie bitte.

POLIZEIBEAMTER Sind sie das Fräulein X.

FRÄULEIN Ja. Warum?

POLIZEIBEAMTER Sie wissen genau warum.

FRÄULEIN Ich? Ich weiss gar nichts.

POLIZEIBEAMTER So sie wissen gar nichts.

Der Polizeibeamte sieht sich im Zimmer um.

POLIZEIBEAMTER Ich hab sie wohl im Schlaf gestört.

FRÄULEIN Ich fühle mich nicht recht wohl. Ich hab mich etwas niedergelegt.

POLIZEIBEAMTER Sie sehen aber gar nicht krank aus.

FRÄULEIN Entschuldigen Sie, aber schliesslich kann ich mich doch ins Bett legen wann ich will.

POLIZEIBEAMTER Leute, die sich beim hellichten Tag ins Bett legen. Es gibt allerdings Leute die haben Nachtdienst und sind deshalb unter Tags ruhebedürftig. [Bl. 4]

FRÄULEIN Wie meinen sie das, was wünschen sie überhaupt?

POLIZEIBEAMTER *(hält einen Sockenhalter hoch, den er auf einem Stuhl gefunden hat.)* So meine ich das. Fräulein pflegen wohl Sockenhalter zu tragen.

FRÄULEIN *(sucht nach Worten, schweigt aber schliesslich.)*

POLIZEIBEAMTER Sie wissen doch, dass wir uns interessieren wovon sie leben.

FRÄULEIN Das habe ich doch schon angegeben.

POLIZEIBEAMTER Sie haben von der Polizei einen Unterkommensauftrag gekriegt. Darauf steht, dass sie sich innerhalb drei Wochen um ein einwandfreies Unterkommen umsehen sollen. Verstehen sie, einwandfrei. Aber sie haben weder Arbeit noch haben sie nachgewiesen, dass sie sich um eine solche bemüht haben.

FRÄULEIN Ich verstehe nicht was man von mir will. Man soll sich doch um die Leute kümmern, die kein Unterkommen haben. Da gibt es genug. Ich hab ja eins.

POLIZEIBEAMTER Das ist nicht unsere Aufgabe. Die Polizei ist doch kein Wohlfahrtsinstitut. Polizeiwidrig ist nicht, wer kein Unterkommen hat; polizeiwidrig ist nur, wer dadurch die öffentliche Ordnung gefährdet.

FRÄULEIN Aber bei mir trifft weder das eine noch das andere zu.

POLIZEIBEAMTER So lange sie sich nicht über ihre Einkünfte ausweisen können, ist das fraglich. Sie haben ja beim Arbeitsamt nicht einmal versucht eine Arbeit zu erhalten.

FRÄULEIN Warum denn auch. Ich krieg ja doch nichts von heute auf morgen. Für mich wird Gott sei Dank gesorgt.

POLIZEIBEAMTER Eben diese freundliche Fürsorge interessiert uns.

FRÄULEIN Ich habe es doch schon früher angegeben. Ich krieg von einem Herrn, von meinem Freund, 20 bis 25 Mk. in der Woche. Davon lebe ich.

POLIZEIBEAMTER Wer ist denn der Herr, wie heisst er denn.

FRÄULEIN Das sage ich nicht, ich nenne den Namen nicht. [Bl. 5]

POLIZEIBEAMTER So sie nennen den Namen nicht. Ja warum nennen sie den Herrn nicht.

FRÄULEIN Ich will einfach nicht. Ich kanns nicht tun.

BEAMTER Vielleicht sind doch mehrere Herrn bei diesen 25 Mk. beteiligt.

FRÄULEIN Das ist eine Unverschämtheit, was erlauben sie sich überhaupt. Was glauben sie denn wer ich bin.

POLIZEIBEAMTER Keine künstliche Aufregung. Immer schön ruhig. Sie dürfen uns nur sagen wer der Herr ist, dann ist unsere Neugierde befriedigt und sie werden von uns nicht mehr belästigt.

FRÄULEIN Das sind doch schliesslich meine Privatangelegenheiten.

POLIZEIBEAMTER Irrtum, mein Fräulein. Die Polizei kennt keine Privatangelegenheiten, sonst müsste ja die halbe Sittenpolizei zum Stempeln gehen. Für uns fängt die Oeffentlichkeit da an, wo die Türen verschlossen werden. *(Deutet auf den Sockenhalter).* Wo man sich z. B. um 4 Uhr nachmittags ins Bett legt.

FRÄULEIN Und wenn schon, dann wäre es doch meine Sache.

POLIZEIBEAMTER Wissen sie, sich am hellichten Tag ins Bett legen, das ist schon reichlich annormal; jedenfalls für meinen Geschmack.

FRÄULEIN Ihr Geschmack interessiert mich gar nicht. Sagen sie mir lieber was sie noch wollen.

POLIZEIBEAMTER Sie entschuldigen schon wenn ich indiskret werde, aber wenn sie mich schon für dumm halten…. So ganz umsonst dürfte ich mich nicht hierher bemüht haben. *(Er schiebt den Vorhang bei Seite.)* Bitte! *(Er ist nicht überrascht einen Herrn zu finden, aber überrascht, dass es ausgerechnet ein Kollege von der Grünen Polizei ist, der sich eben fertig anzieht. Das ist ihm etwas peinlich.)*

POLIZEIBEAMTER Sie hier.

SIPO *(Steht stramm.)*

FRÄULEIN Jetzt haben sie es glücklich erreicht, jetzt wissen sie es wer es ist.

\Textverlust\

»Im Korsettenladen. (Zweiter Teil)«

Fassung (Korrekturschicht)

[ÖLA 3/W 20 – BS 39 c [4], Bl. 6–9]

[Bl. 6]

Im Korsettenladen. (Zweiter Teil.)

Anwesend: Die Geschäftsinhaberin und der Herr.

HERR Das war jetzt so eine Aufregung. Sie glauben nicht, wie ich mich aufgeregt hab. Es ist mir so furchtbar peinlich gewesen, da herein zu platzen; war mir auch für das Fräulein peinlich. Man müsste ja schliesslich kein Gefühl haben.

FRAU Das muss ich ihnen schon sagen. Das erste Mal, dass die Polizei bei mir im Geschäft war. Für mich ist das ja keine Reklame. Und meine 150 Mk. sind jetzt auch futsch.

HERR Sie müssen vielmals entschuldigen. Aber wenn man so belogen und betrogen wird. Schauns, ich bin ja gar nicht der Mensch, der einem aus böser Absicht was antun kann. Aber in der Aufregung.

FRAU Was tät denn da ich jetzt sagen.

HERR Sie kommen sicher wieder zu ihrem Geld. Das ist doch nicht verloren. Ich hätte sie ja vielleicht gar nicht angezeigt, wenn ich nicht den Todesfall von meiner Frau gehabt hätt. Da ist man halt derart aufgeregt. Das ist ja schliesslich keine Kleinigkeit. Solch ein Schlag.

FRAU Ist Ihnen Ihre Frau gestorben?

HERR Ja die ist gestorben.

FRAU So so gestorben is.

HERR Ja die ist tot.

FRAU Schon lange?

HERR Morgen wirds ein Monat.

FRAU Ja, ja so was ist hart. Ich weiss's. Bei mir is schon 15 Jahre her.

HERR Ist ihr Mann auch gestorben?

FRAU Ja, leider.

HERR Ja, so was ist hart. Das kann ich nachfühlen.

FRAU Was hat ihr denn gefehlt? [Bl. 7]

HERR Das is ja. Wenn sie wenigstens normal gestorben wär.

FRAU Ist sie im Irrenhaus gestorben?

HERR Naa – überfahren is worden.

FRAU Ueberfahren.

HERR Wir gehen da über d' Strass. Da kommt ein Auto daher und überfahrts. Direkt neben meiner. Da steh ich und da steht sie.

FRAU Jetzt so was. Gibt denn dös a. Direkt neben Ihnen. Was alles gibt. Da werden's ja nicht schlecht daschrocken sein.

HERR Das kann man ja niemand sagen was das war. Und die Laufereien die man hat, wenn ein's überfahren wird. Ich bin ganz kaputt.

FRAU Das glaub ich ihnen gern.

HERR In der Anatomie hab's ich zum letzten Mal gesehen.

FRAU In der Anatomie. Wars gleich tot?

HERR Ich darf ja nicht drandenken. Ich zeig doch sonst die wegen 200 Mk. nicht an. Aber wenn's einen die Frau direkt an der Seite zusammenfahren.

FRAU Das glaub ich, dass dies schrecklich ist. Wir haben ja auch wie Kinder zusammengelebt. Wie Kinder. Ich seh ihn noch heut, wie ich ihn zum erstenmal gesehen hab. Meiner Mutter hat er ein Korsett gebracht. Da hat er mit mir Spassl gmacht und hat gsagt, ob er mir vielleicht auch eins anmessen soll. Und da bin halt gleich reingfalln und da haben wir heiraten müssen. Wie Kinder waren wir.

HERR Da haben Sie also keinen Mann mehr. Witwe. Es ist hart für eine Frau. Wenn man alles allein machen muss.

FRAU Da hams wohl recht. Vom Geschäft hab ich damals auch noch nicht viel verstanden.

HERR Ja ja eine tüchtige Geschäftsfrau sind Sie. Findet man selten so eine Frau als wie Sie.

FRAU Ja freilich. [Bl. 8]

HERR G'wiss. Ich habs mir schon öfters denkt wenn ich auf dem Büroweg bei Ihnen vorbeigegangen bin.

FRAU Sie sind im Büro.

HERR Ja, Buchhalter; Oberbuchhalter.

FRAU Heute muss man froh sein wenn man wo is. Und wenn man wo is, dann weiss man nie auf wie lange.

HERR Ich bin schon 20 Jahre bei der Firma. Ich hab eine sichere Stellung.

FRAU Die Bezahlung ist halt heut überall schlecht. Wer hat heut nicht zu kämpfen.

HERR Bei mir gehts noch. Selbständigen Posten. Hab sechs Leute unter mir. Ich komm halt auf 450 Mk. Und ein kleines Nebeneinkommen hab ich auch noch. Da krieg ich auch alle Monat 200 Mk. Und eine Weihnachtsgratifikation. S' Zigarrengeld is auch.

FRAU Hm. Aha.

HERR Ja ich bin da im Bauausschuss einer Genossenschaft. Da kommen wir immer von Zeit zu Zeit zusammen.

FRAU Vom Bauen verstehen sie auch was?

HERR Das brauchts nicht. Es ist ja eine gemeinnützige Baugenossenschaft. Wissen's eine mit sozialer Note. Da kommts nur darauf an, dass man in der Generalversammlung die Mehrheit kriegt.

FRAU So ist das. Also nicht besonders schwer.

HERR Schwer. Auf unsereinem lastet halt die ganze Verantwortung.

FRAU So eine Verantwortung ist halt auch was schweres.

HERR Ja, da hat man schon zu tragen.

FRAU Man muss sich halt denken es gehört für eine gemeinnützige Sache.

HERR Darum tret ich auch nicht zurück.

FRAU Und 200 Mk. sinds auch.

HERR Alles wär recht, wenn nur meine Frau noch da wär, aber so ganz allein. [Bl. 9]

FRAU Das kann ich nachfühlen.

HERR Ihnen braucht man nichts zu erzählen. Sie sind ja auch alleinstehend.

FRAU Ich weiss schon.

HERR Dass Sie sich eigentlich nicht mehr verheiratet haben.

FRAU Ich? Anfangs kommt man halt über den Schmerz nicht hinweg und später wird man alt und ist man nicht mehr anziehend für die Männer. Die wollen was Jungs.

HERR Sie fordern ja einem direkt zu einen Kompliment heraus. Nicht mehr anziehend. Was tät denn da ich sagen. Ich bin doch an die zehn Jahr älter als wie sie.

FRAU Meinens. Wie alt sind denn sie?

HERR Ich bin schon tief in die Fünfziger.

FRAU Ach was. Das sind man ihnen gar nicht an.

HERR Sie können zufrieden sein. Nicht mehr anziehend. Wenn alle Frauen so stattlich und proper wären als wie sie.

FRAU Jetzt hörens aber auf. Für Narren lass ich mich nicht halten.

HERR Vom Narren halten ist gar keine Rede. Glauben Sie ja das nicht. Ich bin nicht der Mann. Aber vielleicht hat mich eine höhere Vorsehung zu Ihnen hereingebracht.

(Die Unterhaltung geht in dem dialektgefärbten Hochdeutsch des gehobenen Kleinbürgertums vor sich.)

Vorarbeit: Stiefmutter

I. und II. Bild

Fragmentarische Fassung (Korrekturschicht)

[ÖLA 3/W 17 – BS 39 c [1], Bl. 1–3, 5–8]

[Bl. 1]

VI.

STIEFMUTTER *(tritt ein)* Soll ich jetzt die Leine vom Burschi herschenken. Die Frau Spengler hat schon dreimal gefragt.

PAPA Muss es sein?

STIEF Wie Du meinst.

PAPA Ich weiss nicht --

STIEF So sei doch nicht so unentschlossen, trauriges Mannsbild --

(Stille)

PAPA Theres. Komm mal her.

STIEF *(tritt zu ihm hin)*

PAPA Was hast Du gesagt? Unentschlossenes Mannsbild?

STIEF Ja.

PAPA *(kneift sie in den Hintern)*

STIEF Au! Wirst das aufhören, Bär alter -- *(sie schlägt ihm mit der Hundeleine auf die Hand)*

(Stille)

PAPA *(grinst)* Noch einmal, bitte --

STIEF *(schlägt noch einmal)*

PAPA Wauwau!

STIEF Wie alt ist der brave Hund?

PAPA Neunundfünfzig.

STIEF Und wie alt ist das Frauchen?

PAPA Zweiunddreissig.
STIEF Einunddreissig. *(Sie gibt ihm einen Hieb)*
PAPA Wauwau! [Bl. 2]
(Stille)
STIEFMUTTER *(deckt nun den Tisch)*
(Stille)
PAPA Ich werd jetzt mal zu einem Augendiagnostiker gehen – *(liest in der Zeitung)* Wie die Leut sterben --

[Bl. 3]
<u>Zweites Bild</u>

Elisabeths Papa, ein hypochondrischer Versicherungsinspektor
Elisabeths Stiefmutter

Bürgerliches Wohnzimmer.
Der Papa sitzt auf einem Stuhle und hat die Füsse in einer Waschschüssel; daneben seine Pantoffeln; er liest die Zeitung.
Die Stiefmutter, eine verkniffene achtundzwanzigjährige Frau.

PAPA *(liest in der Zeitung)* Wie die Leut sterben -- aus lauter Unvorsichtigkeit und Leichtsinn. Wieder ein Autounfall mit tödlichem Ausgang. Die Frau tot, der Mann unversehrt. Ein Major a. D. Aber versichern lassen sich die Leute nicht, was ich reden muss, bis ich einen dazubringe, dass er sich versichern lässt -- und derweil lauert der Tod an allen Ecken und Enden -- besonders heut bei der allgemeinen Motorisierung. Man weiss nie, wann man stirbt. Die Leut leben unvernünftig.

[Bl. 5]
MUTTER Untersteh Dich -- Wer hat denn um mich herumgewinselt, ha? Was ist denn zwischen uns für ein Altersunter-

schied? Wer gab Dir seine Jugend? Wer ist da versauert? Wer bist denn Du? Ein Agent! Und ich? Ich bin eine Erzieherin, merk Dir das! Wer hat denn aus Dir einen Menschen gemacht, Burschi?

PAPA *(bellt)*

ELISABETH *(kommt)* Guten abend, Papa -- Wer hat denn hier gebellt?

MUTTER Niemand.

(Stille)

ELISABETH Der arme Burschi ist doch schon längst ausgestopft --

PAPA Also das Essen.

MUTTER Es wird schon ganz weich sein, das Essen -- weil Du Dich immer verspäten musst. *(ab)*

ELISABETH Die ist aber heut wieder grantig --

PAPA Lass sie. Sie ist unpässlich.

ELISABETH Trotzdem. Man muss sich doch beherrschen können.

(Stille) [Bl. 6]

ELIS Du Papa -- mir ist ein grosses Glück zugestossen. Ich hab eine Stellung, das heisst: ich kann eine wunderbare Stellung haben, wenn Du mir nur etwas hilfst. Ich könnt Vertreterin werden, aber dazu brauche ich einen Wandergewerbeschein und der kostet 150 Mark --

PAPA Woher soll ich 150 Mark haben? Woher soll ein armer Versicherungsinspektor, das vergisst Du --

ELIS Nein, nicht Du. Ein Herr leiht mir 150 Mark -- ich habe ihn durch einen glücklichen Zufall kennen gelernt -- er leiht sie mir --

PAPA Was ist das für ein Herr?

ELIS Ein Major a. D. *(sehr rasch spricht sie plötzlich)* Seine Frau ist gestern gestorben und jetzt ist er halt in einer wohltätigen Stimmung. »Meine Frau wird sich darüber freuen«, hat er gesagt, »ich tu es in Ihrem Namen, ich leihe Ihnen 150 Mark gegen die Unterschrift Ihres Vaters als Sicherheit« --- da hat er mir das aufgesetzt.

PAPA Red nicht so schnell! Man kommt ja garnicht mit.

PAPA Zeig mal her.

(Stille)

PAPA Soll ich da gutstehen?

ELIS Es ist nur pro forma.

PAPA Ich bin ein armer Versicherungsinspektor und 150 Mark sind für mich ein Vermögen.

ELIS Aber meine Existenz -- Du kannst mir doch eine Existenz verschaffen. Und Du wirst es nie zurückzahlen müssen, weil ich es abarbeiten werde. Du kannst es doch unterschreiben -- 150 Mark und ich habe eine Existenz.

PAPA Ich habe schon viel für Dich getan.

ELIS Du hast mich ja auch in die Welt gesetzt. Und hast nicht gefragt, ob es mir passen wird.

PAPA *(unterschreibt)* Vater werden ist nicht schwer, Vater sein dagegen sehr.

ELIS Das ist von Wilhelm Busch.

PAPA Soso.

ELIS Ja. Wenn Du es brauchst, Du würdest es von mir verlangen, ich würd es unterschreiben. Und dann gibst Du doch auch Geld aus, für die Therese --

PAPA Du sollst nicht immer Therese sagen. Du sollst Mama sagen.

ELIS Ich habe nur eine Mama gehabt und die ist tot. Aber ich will nicht daran denken. Ich will keine grauen Gedanken. Ich möcht da weg -- ich will auch mal ruhig leben, gesichert -- ich möcht mal einen Ausflug machen, usw. Meine Mama liegt unter dem kühlen Rasen und spürt nichtsmehr.

[Bl. 7]
Szene Nummer

Das Orchester intoniert nun leise das »Elterngrab« -- die Stiefmutter kommt aus der Küche mit dem Essen, man setzt sich und isst -- es dämmert stark und die Stiefmutter dreht das Licht an.

Szene Nummer

ELIS *(summt das Elterngrab mit)*
STIEFMUTTER Sing nicht beim Tisch sonst kriegst einen verrückten Mann!
(Das Orchester bricht ab, mitten im Takt)
ELIS Ich mag ja garkeinen Mann.
PAPA Jedes Weib denkt ans Heiraten.
MUTTER Schaden täts Dir nichts.
ELIS Nützen auch nichts.
PAPA Na -- ein Mann ist schon eine grosse gewaltige Stütze.
MUTTER Nicht jeder Mann.
PAPA Ausnahmen bestätigen die Regel.
(Stille)
ELIS Heutzutag haben die Männer auch keine Arbeit. Und ausserdem.
PAPA Was ausserdem?
ELIS Ausserdem will ich selbstständig sein und meine Freiheit haben. Ich glaube halt einfach daran, dass man auch als Frau sein Auskommen finden kann -- man muss es nur richtig anpacken. Ich komm schon noch durch, das wäre gelacht. Die Liebe macht nur Scheererein, wenn ich dann obenauf bin, dann kann ich mir ja einen Mann leisten, noch immer.

PAPA Heimlich denkt das Weib immer nur an die Ehe.

ELIS In den südlichen Ländern, wenn da eine verheiratet ist, dann sagt sie »Gottseidank, jetzt bin ich frei« -- bei uns ist das anders. [Bl. 8]

(Stille)

ELIS Ich will nichtmehr auf dem Sofa schlafen.

PAPA Wieso kommst Du darauf?

ELIS Ich werde nichtmehr.

PAPA Hier verbietet es Dir doch kein Mensch.

ELIS Doch.

PAPA Wer denn? So red doch!

(Stille)

PAPA *(brüllt plötzlich)* Ruhe!! Ruhe!! Ihr bringt mich ja noch in die Urne, unter die Erden, aber gleich! Ruhe! Ich möchte endlich meine Ruhe haben! Neunundfünfzig Jahre lang hab ich keine Ruhe gehabt! Ruhe!! Ruhe!! Ruhe!!

(Stille)

ELIS *(erhebt sich)* Ich geh schon. *(ab)*

Szene Nummer

MUTTER Hast Du es eigentlich unterschrieben?

PAPA Was?

MUTTER Du unschuldiges Kind. Hundertfünfzig Mark. Idiot!

(Stille)

PAPA Du hast gehorcht?

MUTTER Wahrscheinlich.

(Stille)

PAPA *(leise)* Ruhe, bitte -- Ruhe --

MUTTER Friss. Idiot.

\Abbruch der Bearbeitung\

6. Szene

Fassung (Korrekturschicht)

[ÖLA 3/W 19 – BS 39 c [3], Bl. 11]

Szene Nummer 6

ELISABETH *(Monolog)* Jetzt werden es bald acht Monate, dass ich abgebaut worden bin -- und da hab ich aus meinem Zimmer herausmüssen und hab hernach meine Brosch versetzen müssen -- und hab bei einer Freundin gewohnt, mit der ich mich nicht vertragen habe, aber ich habe den Kopf nicht hängen lassen.

Und dann bin ich umsonst herumgelaufen und es hat geheissen, dass es noch schlechter werden wird. Aber ich lasse den Kopf nicht hängen.

Und die Leut waren ruhig und sind still geworden, und den einen habens eingesperrt -- und die Kathi hat angefangen, sich abzugeben -- und wenn ich die vielen Stellungsuchenden in der Zeitung gelesen hab, dann hat es mir einen Riss gegeben, aber ich hab den Kopf nicht hängen lassen.

Und in der Zeitung ist gestanden von der grossen Not für das Volk und die Minister haben gesagt, dass der Staat ein Wohlfahrtstaat ist und dass das anders werden muss. Dass das die Moral untergräbt, und gottgewollt ist und dergleichen mehr. Und ich habe gesehen, wie schwer dass es ist, mit den anderen Menschen auszukommen. Aber ich habe den Kopf nicht hängen lassen.

Und überall haben sie einen ausgenützt und betrogen, und immer nur die, die wo nichts haben. Und da hab ich zum Staat gesagt: »Du Staat, ich bin eine Bürgerin«, aber der Staat hat nichts gesagt.

Und jetzt könnte ich eine Stelle haben, aber um sie zu haben, dazu brauche ich Geld. Ich bin nämlich eigentlich Vertreterin -- und ich brauch eine Kaution von hundertfünfzig Mark. Aber ich werde den Kopf nicht hängen lassen! Ich glaube noch daran, dass ich Glück haben muss -- das ist der einzige Glaube, der mir geblieben ist. Und der Glaube versetzt Berge und ich werde den Kopf nicht hängen lassen.

Und ich habe mir um mein letztes Geld kosmetische Artikel gekauft, weil man dann eher eine Stellung bekommt.

Konzeption: Glaube Liebe Hoffnung in zwei Teilen

Schauplatz: »Einsame Landstrasse«

Fassung der Szenen 30–37 des ersten Teils (Grundschicht)

[ÖLA 3/W 31 – BS 39 g [1], Bl. 1–7]

[Bl. 1]
Szene Nummer 30

Nun spielt das Orchester die Siamesische Wachtparade -- bis Szene Nummer 32.

Szene Nummer 31

Neuer Schauplatz:
Einsame Landstrasse.
Elisabeth sitzt mit ihrem Musterkoffer im Kleinauto des Herrn cand.med. Eltz, der gerade aussteigt und an dem Motor herumbastelt.
Es ist Anfang Juni, gegen abend und warm.

Szene Nummer 32

ELISABETH Ist etwas hin?
ELTZ Mir scheint, es happert an der Oelzufuhr.
ELISABETH Kann ich helfen?
ELTZ Vorläufig nicht.
ELISABETH Hoffentlich funktioniert es bald wieder -- ansonsten wäre das nämlich immens peinlich, weil ich heut abend unbedingt in Kaufbeuren sein muss.

Strukturpläne zum zweiten Teil

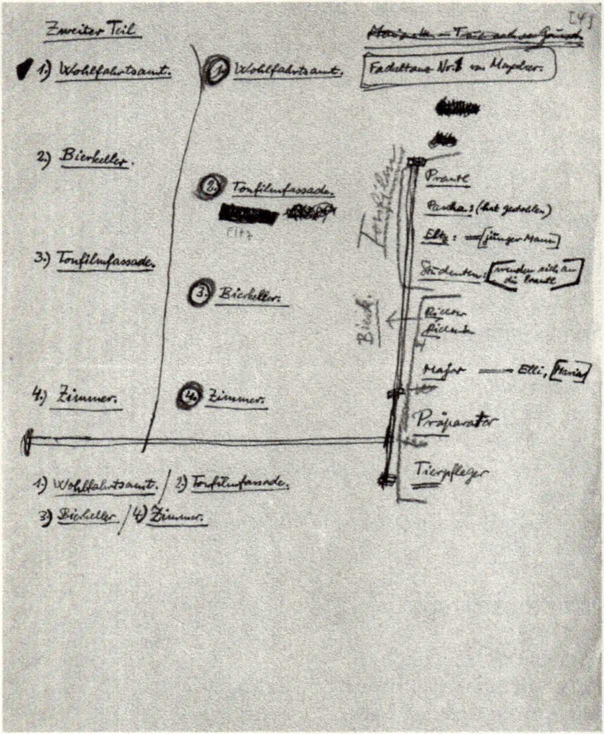

ÖLA 3/W 22 – BS 39 c [6], Bl. 3

Zweiter Teil

~~Marionetten-Trauermarsch von Gounod.~~

1.) Wohlfahrtsamt	[1.] Wohlfahrtsamt.	[Fackeltanz No. 31 von Meyerbeer.]
2.) Bierkeller	[2.] Tonfilmfassade. ~~Eltz~~ ~~Eltz~~	
3.) Tonfilmfassade.	[3.] Bierkeller.	
4.) Zimmer.	[4.] Zimmer.	

Tonfilm

~~{Prantl}~~
~~Eltz~~
Prantl
Pascha: (hat gestohlen)
Eltz: =[junger Mann]
Studenten: wenden sich an die Prantl

Bierk.

Richter
Richterin
Major == Elli, [Maria]
Präparator
Tierpfleger

1.) Wohlfahrtsamt. / 2.) Tonfilmfassade.
3.) Bierkeller / 4.) Zimmer.

ELTZ Unbedingt.

ELISABETH Ueberhaupt ist das sehr aufmerksam von Ihnen, dass Sie mich da so unbekannterweise in Ihrem Auto mitgenommen haben -- mit der Bahn hätte ich ja einen immensen Umweg machen müssen. Und dreimal umsteigen auch noch. [Bl. 2]

ELTZ Ich glaube, wir können nicht weiter.

ELISABETH Wie belieben?!

ELTZ Vielleicht kommt bald einer dahergefahren, der uns abschleppt.

ELISABETH *(erhebt sich)* Abschleppt?

ELTZ Es ist das hier nämlich ein Feldweg -- aber die kürzeste Strecke nach Kaufbeuren. Fast Luftlinie.

ELISABETH Aber das geht doch nicht! Jetzt kommt mir ja alles durcheinander! Mein ganzer Reiseplan!

ELTZ Höhere Gewalt.

(Stille)

ELISABETH *(setzt sich wieder, reisst sich den Hut vom Kopf und kämmt sich leidenschaftlich)*

ELTZ Was vertreten Sie eigentlich?

ELISABETH Irene Prantl.

ELTZ Was ist das?

ELISABETH Hüftgürtel, Korsett. Engros. Auch Büstenhalter und dergleichen.

(Stille)

ELTZ Tragen Sie auch Büstenhalter?

ELISABETH Also nur nicht frech werden.

ELTZ Ich habe ja nur gefragt.

(Stille)

ELISABETH Nein. Ich trage keinen.

ELTZ Schlechte Propaganda.

ELISABETH Wie belieben?

ELTZ Für Ihre Firma natürlich.

ELISABETH Also nur keine künstliche Hinaufregung. Dort drüben steht ein Gewitter. [Bl. 3]

ELTZ *(betrachtet das Gewitter)* Das wird uns verschonen.

ELISABETH Ganz schwarz -- *(sie erhebt sich wieder und steigt aus)* Was vertreten denn Sie für eine Firma?

ELTZ Keine. Warum?

ELISABETH Weil Sie da so in der Gegend herumgondeln.

ELTZ Ich studiere und besuche meine Eltern. In Kaufbeuren, aber wir stammen aus Franken -- *(er setzt sich auf das Trittbrett)* Wir sind versorgt.

ELISABETH Wir auch. Ich bin mir selbst genug. Und ausserdem -- *(sie lehnt sich neben Eltz an das Kleinauto)*

ELTZ Was ausserdem?

ELISABETH Jetzt geht es mir prima. Schon seit dem vierzehnten Mai. Ich habe ja nämlich schon kaum mehr fliessend reden können, so hat mich das alles deprimiert --

ELTZ Alles?

ELISABETH Die Verhältnisse.

(es donnert nicht allzufern)

ELISABETH Jetzt hat es gedonnert.

ELITZ Im Notfall klapp ich das Dach hoch und wir werden nicht nass.

ELISABETH Trotzdem.

(Stille)

ELISABETH Wie das über den Wiesen summt und doch ist alles still. Ringsherum. Nirgends ein Haus. Nirgends ein Mensch.

ELTZ Jeder ist sich selbst der Nächste.

ELISABETH Das auch.

(Stille)

ELISABETH Was habe ich zum Beispiel nicht alles anstellen müssen, bis dass ich mir endlich meinen Wandergewerbeschein habe beschaffen können, damit ich mein Zeug da an den Mann bringen darf, respektive an die Frau -- [Bl. 4]

ELTZ *(erhebt sich)* Bei den Indianern in Südamerika, da streicht der Mann die Frau zinnoberrot an und dann haut er ihr mit einem Trumm Stein die Vorderzähne ein -- das ist auch so ein kleiner Paragraph.

ELISABETH Sie gefallen mir.

ELTZ *(umarmt sie überraschend, bricht im Handumdrehen ihren Widerstand und versetzt ihr einen ausgiebigen Kuss -- jetzt donnert es abermals, und zwar schon bedeutend näher; auch die Sonne verschwindet)*

ELISABETH *(reisst sich los)* Nein! -- -- Lass mich!

(Stille)

ELTZ Es regnet.

ELISABETH Sie sollen mich lassen, sonst verkauf ich doch morgen wieder nichts --

ELTZ Nichts? Ich dachte, Du bist prima versorgt?

ELISABETH Was geht denn das Dich an, dass ich nichts verkauf?! Ich lauf mir schon alles wund umsonst -- dazu noch die Spesen und die Schulden --

ELTZ *(klappt das Dach hoch)* Du bist herunter mit den Nerven.

Szene Nummer 33

ELISABETH *(zu sich selbst)* Bitte nicht, Elisabeth -- hernach bist Du immer zwei Tag lang erledigt --

Szene Nummer 34

ELTZ *(fasst Elisabeth nun sanft um die Taille)* Kommt, es regnet -- *(er führt sie zu seinem Kleinauto und setzt sich mit ihr in es)*

Szene Nummer 35

Wolkenbruch, Blitz, Donner Sturm und Nacht -- aber rasch zieht das Unwetter [Bl. 5] *vorbei und der Mond steigt hinter dem Wald empor und scheint. Und das Orchester intoniert nun pianissimo das »Frühlingsrauschen« -- bis zur folgenden Szene. Eltz verlässt das Kleinauto, steckt sich eine Zigarette an und repariert seine Bügelfalte. Dann klappt er das Dach zurück und im Mondenscheine sitzt Elisabeth und kämmt sich mechanisch.*

Szene Nummer 36

ELTZ Schau, der Mond --

ELISABETH *(sieht sich den Mond an)*

(Stille)

ELTZ Sind wir nass geworden?

ELISABETH *(sieht Eltz an und schweigt)*

ELTZ Na wer hat denn Recht gehabt? Ich oder Du?

ELISABETH Ich.

ELTZ Wieso?

ELISABETH Weil ich tot bin.

ELTZ Spielt doch keine Rolle! Ich fahr Dich jetzt express nach Kaufbeuren, legst Dich sofort ins Bett und schlafst Dich aus!

ELISABETH Ohne Oelzufuhr?

ELTZ *(grinst)* Zu Befehl -- *(er nimmt am Volant Platz)* Weil wir keine Panne gehabt haben -- *(er zieht sich gewissenhaft seine Handschuhe an und lächelt charmant)* Alles Berechnung. Ich habe es berechnet und Du hast es erwartet.

ELISABETH *(lächelt auch)* Du Schwindler --

ELTZ Moment! Das Reichsgericht hat erst unlängst festgestellt, dass es vom Standpunkte des Mannes aus sehr schwer ist, festzustellen, wo der heftige weibliche Widerstand aufhört und die Vergewaltigung beginnt.

ELISABETH Hat denn das Reichsgericht nichts Gescheiteres zu tun?

ELTZ Nein. Sogar im Urwald nicht. [Bl. 6]

ELISABETH *(legt ihre Hand auf seinen Arm, da er schalten möchte)* Moment! Wirst Du mal ein Richter werden?

ELTZ Halb. Ich studiere Gerichtsmedizin.

(Stille)

ELISABETH Gib mir einen Kuss.

ELTZ *(gibt ihr einen kurzen Kuss)* Noch einen?

ELISABETH Nein.

(Stille)

ELTZ Warum nein?

ELISABETH *(schweigt)*

ELTZ *(verärgert)* Also dann los! *(er schaltet, aber das Kleinauto rührt sich nicht)* Himmelherrgottsakrament! Verdammtes Luder! Springt schon wieder nicht an -- *(er springt wütend aus seinem Kleinauto)*

ELISABETH *(lacht laut)*

ELTZ So lach doch nicht so saudumm, wenn man sich schon ärgert!

ELISABETH *(verstummt plötzlich)*

ELTZ *(bastelt wütend beim Scheine seiner Taschenlampe an dem Motor herum und murrt)*

ELISABETH Was hast Du jetzt gesagt?

ELTZ *(schweigt)*

ELISABETH Ich habe gefragt, was Sie jetzt da gesagt haben?

ELTZ Ich habe gesagt, dass Du Dein Maul halten sollst.

ELISABETH *(erhebt sich)*

ELTZ *(leuchtet ihr ins Gesicht)* Wohin?

ELISABETH *(steigt aus mit ihrem Musterkoffer)*

ELTZ *(spöttisch)* Nach Kaufbeuren?

ELISABETH Soweit ich komme.
ELTZ So mach doch keine Dummheiten!
ELISABETH Lass mich! [Bl. 7]
ELTZ So bleib doch da!
ELISABETH Lass mich! Jetzt bin ich wieder zwei Tage tot!
ELTZ Hysterisches Ding!
ELISABETH Ich bin nicht hysterisch! Ich bin kein Ding! *(ab)*

Szene Nummer 37

ELTZ Dann geh nur zu Fuss! Mit mir brauchst nicht zu fahren -- *(er kriecht mit seiner Taschenlampe unter das Kleinauto)*
(Dunkel)

Schauplatz: »Im blauen Schiff«

Fassung der Szenen 10–24 des zweiten Teils (Grundschicht)

[ÖLA 3/W 35 – BS 39 h [2], Bl. 6–13]

[Bl. 6]

<u>Szene Nummer 10</u>

Das Orchester spielt nun den Gassenhauer »Wenn die Elisabeth nicht so schöne Beine hätt« -- bis Szene Nummer 13.

<u>Szene Nummer 11</u>

Neuer Schauplatz:
Im blauen Schiff.
Elisabeth und Maria sitzen mit Pascha und dem Baron mit dem Trauerflor in einer Nische -- alle sind schon ziemlich heiter vom Alkohol. Die beiden Fräuleins tanzen gerade miteinander und Pascha singt mit der Musik vor sich hin: »Wenn die Elisabeth nicht so schöne Beine hätt« --
Ausser diesen Herrschaften ist keine Seele zu sehen.
Rechts der Ausgang, mit einem Stoffvorhang im Halbkreis vor der Türe, zu der einige Treppen fast halbstockhoch hinaufführen.
Neben der Treppe ein Piano.
Von oben hängt ein beleuchtetes blaues Schiff herab als einziges Licht.
Mitternacht.

[Bl. 7]

Szene Nummer 12

MARIA *(umarmt plötzlich heftig Elisabeth -- die Musik bricht ab mitten im Takt -- und gibt ihr einen längeren herzhaften Kuss)*

ELISABETH *(reisst sich von ihr los und stürzt an den Tisch)* Mein Schinkenbrot! Mein Schinkenbrot!

BARON Aber ich habe doch nur genascht!

PASCHA Noch ein Schinkenbrot! Noch zwei Schinkenbrot!

MARIA Drei Schinkenbrot!

BARON Vier Schinkenbrot! Lächerlich! Prost Ihr Mädchen!

(Anmerkung: wenn die Herrschaften nun bestellen, kommt natürlich keine Seele, um ihnen etwas zu bringen. Nach wie vor bestellen die Herrschaften sozusagen alles in das Leere und bleiben konstant ohne Antwort)

Szene Nummer 13

PASCHA *(zu Maria)* Doch Du bist schon richtig -- auch Deine fremde Freundin da.

BARONIN Fremd?! Wir beiden Hübschen kennen uns doch schon seit Erschaffung der Welt! Nur fällt einem dieser prägnante Zustand leider lediglich ab und zu ein und auf -- man vergisst es eben immer wieder, besonders wenn man sich trifft im Leben irgendwo -- na sagen wir mal: vor afrikanischen Antilopen!

ELISABETH *(mit vollem Munde)* Vielleicht.

BARON *(lächelt malitiös)* Ursprünglich wollten Sie ja Ihre werte Leiche verkaufen --

ELISABETH *(hört auf zu kauen und starrt ihn böse an)*

PASCHA Die Leiche?

BARON Absurde Idee!

ELISABETH Also wenn Sie wieder so anfangen, dann verlier ich die ganze Stimmung! [Bl. 8]

BARON Pardon!

PASCHA War doch nicht böse gemeint!

BARON War doch nur die Wahrheit --

MARIA *(mit vollem Munde)* Wahrheit?! Wenn Du nicht artig bist, dann pass aber auf, Burschi! Pass nur auf, Burschi!

BARON Wauwau!

ELISABETH Burschi? Aber das war doch der Rehpintscher von dem Herrn Präparator --

MARIA Ist ja garnicht wahr! Das ist doch der Burschi! Wie sagt der brave Hund?

BARON *(bellt)*

MARIA Gassi-Gassi?

BARON *(hebt die Hände, wie dem Präparator sein Burschi die Pfoten, wenn er Männchen gemacht hat)*

MARIA Wer hat Dich denn zu einem Menschen gemacht? Hopp! *(sie wirft ihm ein Stück Zucker zu)*

BARON *(fängt es mit dem Munde auf und knurrt)*

MARIA Friss!

BARON Wau!

MARIA Kusch Dich!

BARON *(erhebt sich, nimmt wieder Haltung an und ergreift sein Glas)* Sehr zum Wohle allerseits!

(Stille)

Szene Nummer 14

Keine Seele prostet mit dem Baron. Die beiden Fräuleins essen weiter ihre Schinkenbrote und Pascha setzt sich an das Piano. Jetzt spielt er und singt leise den Refrain mit: »Dein Mund sagt nein, doch Deine Augen sagen ja« --

[Bl. 9]

Szene Nummer 15

BARON *(plötzlich)* Pascha!

PASCHA *(hört auf zu spielen)* Ja?

BARON *(steht auf)* Dürfte ich Sie auf einen Moment bitten --

PASCHA *(folgt dem Baron etwas erstaunt in die äusserste Ecke)*

Szene Nummer 16

ELISABETH Pascha? Ist denn das ein Araber?

MARIA Nein. Da hast ja noch ein Schinkenbrot. Friss!

Szene Nummer 17

BARON O nur eine Kleinigkeit! Vielleicht zehn Mark --

PASCHA Aber bitte!

BARON Danke! Heutzutag ist das keine Schmach, wenn man kein Geld hat -- *(er bestellt)* Vier Kirsch! Vier doppelte Kirsch!

(Stille)

Szene Nummer 18

MARIA Pascha! Die fragt mich da, ob Du ein Araber bist!

PASCHA Warum?

MARIA Halt wegen Deinem Spitznamen!

PASCHA *(nähert sich wieder dem Tisch)* Ich heisse Pascha, weil ich eben ein Pascha bin. Fata morgana, Gummi arabicum! Tausend und eine Nacht!

BARON Mitternacht! Sehr vorteilhaft! Jetzt kommt Ihr alle zu mir! Ich bin nämlich Witwer, meine Damen!

MARIA *(lacht)* Strohwitwer!

BARON Nein! Korrekter Witwer!

(Stille) [Bl. 10]

PASCHA Los! Er hat nämlich eine Fünfzimmerwohnung --

BARON Weil ich mir gesagt habe: Mensch, nimm Dir eine Fünfzimmerwohnung, denn man will sich doch Familie gründen! Aber ich habe keine Kinder!!

PASCHA *(streichelt Elisabeth und grinst)* Lasset die Kleinen zu mir kommen --

BARON Der Dirne lass ich die Wege nicht frei, halli und hallo! Wauwau!

ELISABETH Ich geh nicht mit.

MARIA So sei doch nicht so feig!

ELISABETH Nein. Aus Prinzip nicht.

BARON Aus was für Prinzip nicht?

ELISABETH Aus Selbsterhaltungsprinzip.

PASCHA Aber unsere Schinkenbröter, die kannst fressen, was?! Das stört Deine Selbsterhaltung nicht, ha?!

BARON *(gehässig)* Leider!

PASCHA Ist ja auch wahr! Eine Gemeinheit ist so etwas! Eine aalglatte Gemeinheit!!

Szene Nummer 19

Die Herren cand. med. Schmidt, v. Müller und Vetterle traten bereits rasch ein und erblickten Pascha. Sie stockten einen Augenblick -- nun geht Schmidt schnurstracks die Treppen hinunter auf Pascha zu. Vetterle folgt ihm etwas langsamer -- v. Müller bleibt zunächst noch droben.

Szene Nummer 20

V. MÜLLER Herr Prantl!

PASCHA *(erschrickt und wendet sich hastig um -- erblickt Schmidt und Vetterle, die ihn fixieren; er lächelt verlegen)* Ach, Ihr seid das --

SCHMIDT Ja.

(Stille)

PASCHA *(wird unsicher)* Was habt Ihr denn? Was wollt Ihr denn da von mir -- [Bl. 11]

VETTERLE Wir sind im Bilde.

PASCHA In was für einem Bilde --

SCHMIDT Sie kennen den Fall.

PASCHA Ich? Sie? Wieso per Sie?

SCHMIDT Sie wissen genau Bescheid.

PASCHA *(schreit)* Wieso per Sie? Seid Ihr wahnsinnig geworden?!

V. MÜLLER Halten Sie Ihren Mund Sie! *(er steigt langsam die Treppen herab)*

(Stille)

SCHMIDT Sie haben gestohlen.

VETTERLE Vierzehn Mark.

SCHMIDT Sie haben aus meinem Paletot gestohlen.

PASCHA Nein!

SCHMIDT In der Garderobe der Anatomie! Heraus mit dem Geld!

(Stille)

VETTERLE Wirds bald?

PASCHA *(grinst verzweifelt)* Ich habe es aber nichtmehr, meine Herren --

(Stille)

SCHMIDT Schwein.

PASCHA Danke --

BARON *(empfiehlt sich mit Maria auf französisch durch einen hinteren Ausgang)*

V. MÜLLER *(geht langsam auf Pascha zu, hält vor ihm und schlägt ihm plötzlich mit der Faust ins Gesicht)*

PASCHA *(torkelt zurück und reisst die Tischdecke mit sich herunter)* Au!

SCHMIDT Drauf!

PASCHA Schufte! Alle gegen einen!

VETTERLE Selber Schuft!

[Bl. 12]

Szene Nummer 21

Die Herren cand. med. Schmidt, v. Müller und Vetterle verprügeln nun Pascha, dabei fällt der Tisch um und die Stühle -- das Glas klirrt. Elisabeth rettet sich ein halbes Schinkenbrot. In der Tür erscheint ein Schupo (Alfons Klostermeyer).

Szene Nummer 22

SCHUPO Polizeistunde!

V. MÜLLER Weg! Ab!

Szene Nummer 23

Die Herren cand. med. Schmidt, v. Müller und Vetterle verschwinden durch einen hinteren Ausgang. Pascha ist blutig geschlagen und sein Anzug ist zerrissen. Er zieht sich rasch seinen Mantel an, setzt den Hut auf und steigt an dem überraschten Schupo vorbei die Treppen empor und ab durch die Türe.

SCHUPO *(sieht Pascha erstaunt nach und bewundert dann das zerschlagene Mobiliar)* Wie sieht denn das hier aus? Was hat sich denn da abgespielt?

ELISABETH Nichts.

SCHUPO Nichts?

(Stille)

ELISABETH Was starrens mich denn so an?

SCHUPO Sie erinnern mich.

ELISABETH An mich?

SCHUPO Nein. Sondern an eine liebe Tote von mir. [Bl. 13]

(Stille)

ELISABETH Möglich, Herr General.

SCHUPO *(gekränkt)* Ich bin kein General.

(Stille)

SCHUPO Sie haben die Polizei nicht gern?

ELISABETH Nein.

SCHUPO Schad.

(Stille)

ELISABETH So seins doch nicht so spöttisch zu mir.

SCHUPO Jetzt verkennens mich aber ganz, Fräulein. Ich bin nicht so, sondern ganz anders und Sie erinnern mich.

ELISABETH *(spöttisch)* An irgendeine Tote?

(Stille)

SCHUPO *(sieht sich um)* So Raufereien sind kein Kinderspiel. Sie können ja von Glück reden, dass Sie nicht verletzt worden sind. Häufig setzen sich dann so Raufereien auf der Strasse noch fort. Passens nur auf, Fräulein! Welche Richtung gehens denn jetzt?

ELISABETH Wollens mich gar begleiten?

SCHUPO Vielleicht vertragt sich die Richtung mit meinem Dienst.

(Stille)

ELISABETH Ich geh schnell.

SCHUPO Sie können schnell gehen, aber ich kann auch schnell gehen.

(Dunkel)

Zweiter Teil und Epilog

Fragmentarische Fassung der Szenen 3–45 des zweiten Teiles und Fassung der Szenen 1–11 des Epilogs (Korrekturschicht)

[ÖLA 3/W 28 – BS 39 e [4a], Bl. 4–8, 9a, 10–16]
[ÖLA 3/W 29 – BS 39 e [4b], Bl. 1]
[ÖLA 3/W 38 – BS 39 i [2], Bl. 6–13]
[ÖLA 3/W 41 – BS 39 k [2], Bl. 5–10]

\Textverlust\ [ÖLA 3/W 29 – BS 39 e [4b], Bl. 1]

ARBEITERFRAU Sie müssten halt zur Invalidenversicherung.

INVALIDER Invalidenversicherung sagt, das geht ihnen nichts an, das geht die Berufsgenossenschaft was an, Berufsgenossenschaft sagt, meine Füsse wären vor dem Unfall auch schon schlecht gewesen, weil ich vorher schon Krampfadern und Plattfüss gehabt hätte -- und der Herr Sachverständige hat es mir in das Gesicht hinein gesagt, ich könnt schon längst ohne Stock promenieren, wenn ich nur möchten tät! Bravo!

BUCHHALTER Warens denn schon beim Spruchausschuss?

INVALIDER Die haben es ja bestätigt, dass mich die Berufsgenossenschaft von sechzig auf vierzig Prozent heruntergesetzt hat -- das haben mir die ja direkt in das Urteil hineingeschrieben, dass bei dem Beschwerdeführer der Anreiz fehlen täte, weil er vorher beim Arbeiten auch nicht recht viel mehr verdient hätt, als wie jetzt mit der Rente!

Szene Nummer 4

Nun verstummt alles und rührt sich nicht, denn ein Schupo (Alfons Klostermeyer) geht langsam vorbei und beachtet scheinbar keine Seele. Langsam fängt es bereits an zu dämmern.

[ÖLA 3/W 28 – BS 39 e [4a], Bl. 4]
<u>Szene Nummer 5</u>

ARBEITERFRAU *(sieht dem Schupo nach)* Der Herr General --
BUCHHALTER Unser täglich Brot gib uns heute.
MARIA Bei mir ist das noch schlimmer.
INVALIDER Wie das?
MARIA Weil wir eine Familie von sieben Köpfen sind und das achte ist unterwegs -- aber weil mein Vater in der Woche vierzig Mark heimtragt, ziehens mir sogar noch etwas ab.
INVALIDER Alles Schwindel!
ELISABETH Mir wollen die auch nichts geben, weil mein Vater noch etwas verdient. [ÖLA 3/W 28 – BS 39 e [4a], Bl. 5]
BUCHHALTER Was ist er denn Ihr Vater?
ELISABETH Versicherungsinspektor. Entschuldigens, aber jetzt muss ich lachen -- *(sie lacht)*
ARBEITERFRAU Warum lachst denn da, damische Gretl?
ELISABETH *(hört plötzlich auf)*
ARBEITERFRAU So geh halt heim!
ELISABETH Nein!
ARBEITERFRAU Nacher bist selber schuld! Hat einen Inspektor zum Vater --
ELISABETH *(unterbricht sie)* Versicherungsinspektor!
ARBEITERFRAU Ist ja wurscht!
ELISABETH *(grinst)* Oho!
BUCHHALTER Dummheit und Stolz wachsen auf einem Holz.
ARBEITERFRAU Hat ein zuhause und nützt es nicht aus!
ELISABETH Bei mir hat das einen bestimmten Grund.
ARBEITERFRAU Hast denn gar etwas angestellt?
ELISABETH *(lächelt unsicher)* Sieht man es mir denn an?

(Stille)

BUCHHALTER *(grinst)* Auf Wiedersehen im Massengrab -- *(ab)*

Szene Nummer 6

Der Invalide setzt sich nun auf den Sockel des Vorgartengitters und spielt sich auf seiner Mundharmonika etwas Sentimentales. Jetzt dämmert es bereits stark.

Szene Nummer 7

MARIA *(zu Elisabeth)* Man muss sich halt alles gefallen lassen.
ELISABETH Ich will nichtmehr erinnert werden.

[ÖLA 3/W 28 – BS 39 e [4a], Bl. 6]
Szene Nummer 8

ARBEITERFRAU *(zählt für sich)* Arbeitsamt. Wohlfahrtsamt. Berufsgenossenschaft. Invalidenversicherung. Spruchausschuss -- -- Wie lang dass das dauert, bis dass einer für Dich zuständig ist -- *(ab)*

Szene Nummer 9

MARIA Was habens denn angestellt?

ELISABETH Nichts.
MARIA Aber eingesperrt hat man Sie doch?
ELISABETH *(schweigt)*

MARIA Mir könnens das ruhig sagen -- ich weiss, wie das kommt. Das sind lauter so kleine Paragraphen, aber Du bleibst hängen -- Du weisst eigent-[ÖLA 3/W 28 – BS 39 e [4a], Bl. 7]lich garnicht, was los war und schon ist es aus. Schauns, meinem Vater habens gleich vierzehn Tag hinaufgehaut, weil er da paar Bretter vom Bauplatz gestohlen hat -- die sind halt so dagelegen und in unserer Holzhütten, da hat es in die Betten hineingeregnet. Wenn man schon etwas anstellt, dann müsst es sich aber auch rentieren tun.

ELISABETH *(schweigt noch immer -- es ist inzwischen Nacht geworden und die beiden Fräuleins stehen nun in dem Lichte, das aus den Fenstern des Wohlfahrtsamtes herausstrahlt, und zwar stehen sie allein, denn auch der Invalide ist bereits gegangen)*

MARIA Warens schon mal verheiratet?

ELISABETH Nein.

(Stille)

ELISABETH Wissens, mein Vater und ich, wir sind zwei verschiedene Personen. Zum Beispiel wie ich das Licht der Welt erblickt habe, da war er ganz ausser sich, dass ich nur ein Mädel bin. Und das hat er mir dann fortgesetzt nachgetragen. Dabei hat er aber Allüren wie ein Weltmann. Wenn meine Mutter nicht schon tot wär, die könnt darüber so manches trübe Lied zum Besten geben. Alle Männer sind krasse Egoisten.

MARIA Bei Ihnen ist halt der Richtige noch nicht gekommen.

ELISABETH Möglich.

MARIA Der kommt ganz überraschend. Wenn man garnicht denkt.

(Stille)

ELISABETH Mir ist von zehntausend Männern höchstens einer sympathisch.

MARIA Das schon.

ELISABETH Ich hab immer selbstständig sein wollen -- so mein eigener Herr. [ÖLA 3/W 28 – BS 39 e [4a], Bl. 8]

MARIA Das geht nicht.

(Stille)

MARIA Ich hätt ja nichts dagegen, wenn mich einer heiraten tät. Nur schlagen dürft er mich nicht -- *(sie erhebt sich)* Geh kommens mit! Schaun wir mal da vor in das blaue Schiff! Da sitzt schon einer drin, der uns ein Schinkenbrot kauft!

ELISABETH Also nur das nicht!

(Stille)

MARIA Warum?

ELISABETH Nein. Aus Selbsterhaltungsprinzip nicht.

MARIA So seins doch nicht so feig! Habens denn keinen Hunger?

ELISABETH Trotzdem.

(Stille)

MARIA Da staunt der Fachmann und der Laie wundert sich -- *(ab)*

Szene Nummer 10

Der Schupo (Alfons Klostermeyer) kommt nun wieder vorbei -- er erblickt Elisabeth, hält und fixiert sie.

Szene Nummer 11

ELISABETH Was starrens mich denn so an?

SCHUPO *(lächelt)* Ist denn das verboten?

(Stille)

SCHUPO Wir haben uns doch schon des öfteren gesehen.

ELISABETH Wo?

SCHUPO Hier. Seit einigen Tagen. Sie erinnern mich nämlich. Besonders in Ihrer Gesamthaltung. An eine liebe Tote von mir.

ELISABETH Sie reden so mystisch daher.

(Stille)

SCHUPO Welche Richtung gehens denn jetzt?

ELISABETH Wollens mich gar begleiten? [ÖLA 3/W 28 – BS 39 e [4a], Bl. 9a]

SCHUPO Ich hab heut keinen Dienst mehr.

ELISABETH Ich geh lieber allein.

SCHUPO *(ohne Hintergedanken)* Habens die Polizei nicht gern?

ELISABETH *(zuckt etwas zusammen)* Wieso?

SCHUPO Weil Sie nicht wollen, dass ich Sie begleite. Es muss doch auch Polizisten geben, Fräulein! In jedem von uns schlummert zum Beispiel ein Eisenbahnattentäter.

ELISABETH In mir nicht.

SCHUPO Geh das gibt es doch garnicht!

ELISABETH *(ahmt ihn nach)* »Das gibt es doch garnicht!«

SCHUPO *(lächelt)* Sie tun ja direkt, als wärens schon einmal hingerichtet worden.

(Stille)

ELISABETH Es kümmert sich keiner drum.

SCHUPO Man darf nur die Hoffnung nicht sinken lassen.

ELISABETH Das sind Sprüch.

(Stille)

SCHUPO Ohne Glaube Liebe Hoffnung gibt es logischerweise kein Leben. Das resultiert alles voneinander.

ELISABETH Sie haben leicht reden als Staatsbeamter in gesicherter Position.

SCHUPO Wir müssen doch alle mal sterben.

ELISABETH Hörens mir nur auf mit der Liebe!

(Stille)

SCHUPO Fräulein. Jetzt hörens mich aber genau an. Sie sind anscheinend sehr verbittert -- nämlich ich beobachte Sie da bereits schon seit Tagen. Weil Sie mich halt auch erinnern tun -- an eine liebe Tote von mir, wie gesagt.

ELISABETH Wer war denn das?

SCHUPO Meine Braut.

(Stille)

SCHUPO Wir waren nämlich ein Herz und eine Seele. Morgen werden es drei Wochen, dass man sie begraben hat -- sie hatte es mit der Lunge zu tun und jetzt geht mir direkt etwas ab. Warum lächelns jetzt?

ELISABETH Nur so.

(Stille)

SCHUPO Also wollens, dass ich Sie jetzt begleit?

ELISABETH Ich geh schnell.

SCHUPO Sie können schnell gehen, aber ich kann auch schnell gehen.

(Dunkel)

Szene Nummer 12

Das Orchester spielt nun den Mickymausmarsch -- bis Szene Nummer 14.

Szene Nummer 13

Neuer Schauplatz:
Vor einem Tonfilmkino, in welchem die Mickymaus auftritt. Knapp vor der letzten Vorstellung.
Elisabeth wartet bereits auf ihren Schupo und betrachtet sich die Standphotos. Vor der Kasse steht eine Menschenschlange.

Jetzt kommt die Frau Amtsgerichtsrat und er selbst, der Herr Amtsgerichtsrat.

Szene Nummer 14

FRAU AMTSGERICHTSRAT So sei doch nicht so rechthaberisch, August!

AMTSGERICHTSRAT Ich will aber nicht zur Mickymaus.

FRAU AMTSGERICHTSRAT Möchst lieber wieder ins Wirtshaus -- und dann rauchst dort wieder in einer Tour vier Stund! Denk doch an Deinen Darm! Nikotin ist Gift!

AMTSGERICHTSRAT Mein Darm ist meine private Angelegenheit und wenn einer draufgeht, dann bin ich derjenige welcher! Der Sanitätsrat hat mich erst gestern wieder gewarnt.

FRAU AMTSGERICHTSRAT Mich hat er auch gewarnt, dass ich wegen meiner Drüsen nicht soviel Treppen steigen soll --

AMTSGERICHTSRAT *(unterbricht sie)* Musst Du denn Korsette verkaufen?! Kompletter Irrsinn! Ueberhaupt diese feine Frau Prantl! Hat ihre Firma mit dem Gelde eines Konfektionsjuden gegründet, mit dem sie früher sogar ein Verhältnis gehabt haben soll!

FRAU AMTSGERICHTSRAT Die gute Frau Prantl ist eine hochanständige Person. An die kannst Du nicht heran -- und ich verdiene mir doch dabei.

AMTSGERICHTSRAT Bild es Dir aber bitte nur ja nicht ein, dass es Dir jemand glauben könnte, dass Du die Prantlschen Korsette nur behufs Deiner Zerstreuung verkaufst. [ÖLA 3/W 28 – BS 39 e [4a], Bl. 10]

FRAU AMTSGERICHTSRAT Ich will aber nicht um jeden Pfennig bei Dir betteln!

AMTSGERICHTSRAT Betteln?

FRAU AMTSGERICHTSRAT Um jeden Pfennig.

AMTSGERICHTSRAT Versündige Dich nicht! Was weisst denn Du schon von der grossen Not? Wo man doch tagaus tagein die armen Leut verurteilen muss, zuguterletzt bloss weil sie kein Dach über dem Kopf haben!

FRAU AMTSGERICHTSRAT Dann würd ich sie halt nicht verurteilen.

AMTSGERICHTSRAT Hermine!

Szene Nummer 15

Der Invalide taucht auf und verkauft weisse Herbstastern, aber niemand kauft ihm eine ab, auch der Herr Amtsgerichtsrat natürlich nicht, der seine Gattin grimmig fixiert.
(Anmerkung: jetzt und immer, wenn ein Herbstasternverkäufer auftaucht, spielt das Orchester die Szene über piano einige Takte des Walzers »Bist Dus lachendes Glück?«)

Szene Nummer 16

FRAU AMTSGERICHTSRAT Könntest mir auch mal einen schenken.

AMTSGERICHTSRAT Was?

FRAU AMTSGERICHTSRAT Weissen Flieder.

AMTSGERICHTSRAT Weissen Flieder? Das waren doch weisse Herbstastern -- *(er grinst)* Ist denn bei Dir im Oktober noch Mai, Hermine?

(Stille)

FRAU AMTSGERICHTSRAT Freu Dich nur.

AMTSGERICHTSRAT Du Mickymaus -- So und jetzt kauf ich die Karten. Sperrsitz. Aber wart nur, wenn das nicht lustig wird -- *(er lässt sie stehen und stellt sich bei der Kasse an)*

Szene Nummer 17

Jetzt erblicken sich Frau Amtsgerichtsrat und Elisabeth. Sie fixieren sich, [ÖLA 3/W 28 – BS 39 e [4a], Bl. 11] *aber Elisabeth will niemand mehr kennen aus ihrer Vergangenheit -- doch die Frau Amtsgerichtsrat lassen nicht locker.*

FRAU AMTSGERICHTSRAT Komisch. Wir kennen uns doch --

ELISABETH *(sieht sich ängstlich um)* Bitte kennen Sie mich nicht, Frau Amtsgerichtsrat --

FRAU AMTSGERICHTSRAT Also nur keine Angst, Fräulein! Mich geht es ja nichts an, aber wieviel habens denn bekommen?

ELISABETH Vierzehn Tage.

FRAU AMTSGERICHTSRAT Sehens, das hab ich Ihnen gleich gesagt!

ELISABETH Aber ohne Bewährungsfrist.

FRAU AMTSGERICHTSRAT Ohne? *(sie wirft einen strafenden Blick auf ihren Gatten in der Menschenschlange)*

ELISABETH Weil ich halt vorher schon die Geldstrafe gehabt habe -- *(sie grinst)* Wenn ich nur wüsst, was ich verbrochen hab --

FRAU AMTSGERICHTSRAT O ich weiss, wie das zugeht! *(sie blickt wieder vorwurfsvoll auf ihren Gatten, der nun mit Hilfe eines Taschenspiegels und seines privaten Zahnstochers in seinen Zähnen herumstochert)* Mir müssen Sie das nicht erzählen! Lauter Ungerechtigkeiten -- – und eine neue Stellung habens natürlich auch keine?

ELISABETH Nein. Aber vielleicht werde ich mich verloben.

FRAU AMTSGERICHTSRAT Bravo! Das ist das Beste! Da gratulier ich Ihnen aber!

ELISABETH Wir haben uns nämlich durch einen Zufall kennen gelernt.

FRAU AMTSGERICHTSRAT Kenn ich Fräulein! Kenn ich!

ELISABETH Vielleicht ist das der grosse Zufall in meinem Leben.

FRAU AMTSGERICHTSRAT Was ist er denn, der Herr Bräutigam in spe?

ELISABETH Staatsbeamter.

FRAU AMTSGERICHTSRAT Staatsbeamter? Weiss er denn etwas von Ihren vierzehn Tagen?

ELISABETH Nein.

FRAU AMTSGERICHTSRAT Hm. Das müsstens ihm aber schon sagen, sonst könnt er eventuell Unannehmlichkeiten kriegen mit seiner Karriere --

ELISABETH Ist denn das möglich?

FRAU AMTSGERICHTSRAT Absolut. Na mich geht es ja nichts an -- alles Gute, Fräulein!

<u>Szene Nummer 18</u>

Der Herr Amtsgerichtsrat hatte gerade die Karten gelöst und zählt nun nochmals das Geld, das er herausbekommen hat, nach -- da kommt der Schupo (Alfons Klostermeyer) und entdeckt Elisabeth, begrüsst sie und stellt sich mit [ÖLA 3/W 28 – BS 39 e [4a], Bl. 12] *ihr an der Kasse an, während der Herr Amtsgerichtsrat die eine Karte gerade seiner Gattin überreicht.*

Szene Nummer 19

FRAU AMTSGERICHTSRAT Du August -- dort drüben steht das Fräulein von der Prantl, das war doch der Betrugsfall mit dem Versicherungsinspektor und Zollinspektor --

AMTSGERICHTSRAT Keine Ahnung!

FRAU AMTSGERICHTSRAT Aber Du hast sie doch verurteilt --

AMTSGERICHTSRAT Möglich! *(er benützt wieder seinen Zahnstocher)*

(Stille)

FRAU AMTSGERICHTSRAT Dass Du ihr aber keine Bewährungsfrist gegeben hast, das war ungerecht von Dir --

AMTSGERICHTSRAT Kümmer Dich um Deine eigenen Ungerechtigkeiten, Hermine! Komm!

(Dunkel)

Szene Nummer 20

Das Orchester spielt nun die Hochzeit der Winde -- bis Szene Nummer 22.

Szene Nummer 21

Neuer Schauplatz:
Bierkeller.
Es ist (wie bereits bekannt) inzwischen Herbst geworden und an dem Tische, wo einst der Präparator Elisabeth kennen lernte, sitzt er nun noch immer, und zwar mit dem Tierpfleger. Beide rauchen ihre Virginia unter dem gelben Laub, denn die Abende sind noch relativ warm.

Szene Nummer 22

TIERPFLEGER Du glaubst es mir halt nicht, Du Rindvieh Du kaiserliches, dass das Weib der geborene Feind des Mannes ist. Da hab ich mal mit einer Gorillaart von den Bermudasinseln zu tun gehabt -- und da hat das weibliche Tier dem männlichen Tier nach vollzogenem Geschlechtsakte die Gurgel durchgebissen.

PRÄPARATOR Man soll es nicht für möglich halten.

TIERPFLEGER Davon macht sich Dir ja Deine kühnste Phantasie keine annähernde Vorstellung, wie dass es da zugeht, wenn es aufgeht!

PRÄPARATOR Einer bringt den andern um -- ich denk jetzt speziell an den Oberpräparator. Aber wenn ich mir dann so meine Schmetterlingssammlung betrachte, dann denk ich mir trotzdem, es dreh sich halt alles nach einer höheren Ordnung.

[ÖLA 3/W 28 – BS 39 e [4a], Bl. 13]

Szene Nummer 23

Elisabeth kommt und setzt sich an einen freien Tisch – sie bemerkt weder den Präparator noch den Tierpfleger und dies beruht auf Gegenseitigkeit.

KELLNERIN Speisen gefällig?

ELISABETH Ich warte noch. Es kommt noch ein Herr -- *(sie vertieft sich in die Speisekarte)*

Szene Nummer 24

Die Arbeiterfrau taucht auf und verkauft weisse Herbstastern, aber niemand kauft ihr eine ab.

Szene Nummer 25

PRÄPARATOR Siehst, lieber guter alter Freund -- bei einer solchen Gelegenheit mit weissem Flieder --

TIERPFLEGER *(unterbricht ihn)* Flieder? Aber das waren doch Herbstastern! Totenblumen!

PRÄPARATOR Aber weisse Totenblumen! Darauf kommt es an, denn bei einer solchen weissen Gelegenheit habe ich diese ganz miserable Hochstaplerin kennen gelernt, die wo mich hernach um meine hundertfünfzig Mark gebracht hat!

TIERPFLEGER Und wer hat Recht gehabt? Ich!

PRÄPARATOR Man kanns halt im Voraus nicht wissen, wenn man etwas Gutes tun möcht.

TIERPFLEGER *(grinst)* Mir scheint, Du glaubst noch an Wunder --

(Stille)

PRÄPARATOR Geh leck mich am Arsch, alter Krampus -- *(er zieht ein Packel Karten aus seiner Tasche, mischt, teilt und spielt nun mit dem Tierpfleger)*

[ÖLA 3/W 28 – BS 39 e [4a], Bl. 14]

Szene Nummer 26

Der Schupo (Alfons Klostermeyer) kommt, entdeckt Elisabeth, begrüsst sie, legt seinen Mantel über einen Stuhl und setzt sich zu ihr hin.

SCHUPO *(bestellt bei der Kellnerin)* Zwei Würscht, Kraut und zwei halbe Bier. Magst auch Würscht?

ELISABETH Ja.

KELLNERIN Dunkel oder hell?

SCHUPO Hell.
ELISABETH Und ich dunkel.

Szene Nummer 27

TIERPFLEGER *(ruft der Kellnerin nach)* Fräulein! Bringens mir auch noch zwei Würscht mit Kraut!

Szene Nummer 28

Jetzt taucht der Buchhalter auf und verkauft weisse Herbstastern, aber niemand kauft ihm eine ab -- nur der Schupo. Er überreicht die weissen Totenblumen Elisabeth, die glücklich lächelt.

Szene Nummer 29

ELISABETH Das hätt ich jetzt aber ursprünglich nicht gedacht, dass Du mir weisse Herbstastern kaufen wirst.
SCHUPO Mir hat das sofort eine innere Stimme gesagt.
ELISABETH Trotzdem.
SCHUPO Hast gedacht, so ein schneidiger Schupo, das ist ein leichtlebiger Falter? Der möchte nur eine mit viel Geld? Weit gefehlt! Ich schätze eine Frau höher ein, die von mir abhängt, als wie umgekehrt. [ÖLA 3/W 28 – BS 39 e [4a], Bl. 15]
ELISABETH *(legt ihre Hand auf seinen Arm)* Entschuldige. Aber jetzt muss ich nur noch einmal rasch verschwinden -- *(sie erhebt sich)*
SCHUPO Tu Deinen Gefühlen nur kein Korsett an.
ELISABETH *(schrickt etwas zusammen)* Wieso Korsett?

SCHUPO *(überrascht)* Warum?
(Stille)
ELISABETH *(lächelt)* Entschuldige bitte, aber ich bin heut halt etwas nervös -- *(sie will verschwinden, während der Schupo eine Zeitung entfaltet und sich in die Vereinsnachrichten vertieft)*

Szene Nummer 30

Plötzlich erblickt Elisabeth knapp vor sich die beiden kartenspielenden Herren, nämlich den Tierpfleger und den Präparator. Sie erstarrt vor Entsetzen.
TIERPFLEGER Jessas Deine hundertfünfzig Mark!
PRÄPARATOR Was? Wo?
TIERPFLEGER Hinter Dir!
PRÄPARATOR *(dreht sich um und starrt Elisabeth an)*
(Stille)
PRÄPARATOR *(grinst)* Ja wen sehen denn meine rosigen Aeuglein? Sinds schon wieder heraus aus dem Zuchthaus?
ELISABETH *(heiser)* So seins doch still, Herr Präparator!
TIERPFLEGER Das geht Sie überhaupt nichts an!
ELISABETH Aber da drüben sitzt doch mein Bräutigam und der braucht doch nichts wissen davon, sonst ist doch alles vielleicht aus --
PRÄPARATOR Bräutigam?
ELISABETH Ja.
TIERPFLEGER Wo? *(er erhebt sich und pfeift leise durch die Zähne)* Der Polizist dort vielleicht?
ELISABETH Ja.
PRÄPARATOR Was? Ein Polizist? Und der weiss nichts von Ihrem sauberen Vorleben? Ein so ein Rindvieh! *(er lacht schallend)*

TIERPFLEGER Gute Nacht! Eine saubere Polizei haben wir da! Ein Saustall ist das im Staate! Da zahlst Steuern und Steuern --

ELISABETH *(unterbricht ihn)* So habens doch Mitleid mit mir --

PRÄPARATOR *(unterbricht sie)* Habens nur keine Angst, Sie -- wir sind doch [ÖLA 3/W 28 – BS 39 e [4a], Bl. 16] keine Unmenschen! Ich hätt mir zwar mit Ihrem Wandergewerbeschein mein Terrarium direkt fürstlich ausbauen können, aber ich verzichte auch auf die siamesischen Schleierfische -- *(er lacht wieder schallend)* Das wird ja für Ihren Herrn Bräutigam ein feines Erwachen geben! So ein Rindvieh! Geh sagens ihm unbekannterweise einen schönen Gruss -- *(zum Tierpfleger)* Spiel aus, alte Hütten! Du bist dran!

Szene Nummer 31

Elisabeth verschwindet nun langsam -- die Kellnerin bringt nun die Würscht und das Kraut und das Bier. Der Schupo lässt seine Zeitung stehen und macht sich gleich über seine Würscht her.

Szene Nummer 32

Elisabeth kommt wieder und setzt sich zu ihrem Bräutigam.

SCHUPO Das hat aber lang gedauert. Wars Dir denn schlecht.

ELISABETH Etwas.

SCHUPO Doch nichts besonderes?

ELISABETH Wieso?

SCHUPO Hoffentlich. Ich hab nämlich immer achtgegeben.

ELISABETH Achso.

(Stille)

SCHUPO Komm -- die Würscht sind schon kalt und das Kraut ist gestockt.

ELISABETH *(isst)*

SCHUPO *(plötzlich)* Was gefällt Dir eigentlich an mir?

ELISABETH Alles.

SCHUPO Aber welches Wort würde denn am besten zu mir passen?

ELISABETH Ich weiss es nicht.

SCHUPO Geh das wirst Du doch wissen!

ELISABETH Du hast Dich etwas verändert, Alfons. Früher warst Du trauriger.

SCHUPO Wie das?

ELISABETH Halt melancholischer.

SCHUPO O das bin ich jetzt auch noch! Das wäre ja gelacht!

Szene Nummer 33

Der Präparator und der Tierpfleger hatten das Kartenspielen aufgehört und gehen nun heim -- an dem Schupo vorbei und grüssen Elisabeth ironisch devot.

[ÖLA 3/W 38 – BS 39 i [2], Bl. 6]

Szene Nummer 34

SCHUPO Wer war denn das?

ELISABETH Keine Ahnung.

SCHUPO Aber die Herren haben Dich doch gegrüsst --

ELISABETH Vielleicht haben mich die Herren verwechselt. Man verwechselt doch leicht einen Menschen.

SCHUPO Das schon. Zwar wenn ich als Staatsgewaltsorgan zwei Menschen miteinander verwechseln tät -- das wär nicht gut für meine Karriere.

ELISABETH Ist das bei Dir wirklich so streng?

SCHUPO Sehr. Und oft schon direkt ungerecht. Ist Dir denn kalt, weil Du mit die Zähn so klapperst?

ELISABETH Ziemlich.

SCHUPO Ich tät Dir schon gern meinen Mantel umhängen, ich brauch ihn nämlich nicht, aber das ist mir verboten.

ELISABETH *(lächelt)* Der Mantel ist halt immer im Dienst.

SCHUPO Pflicht ist Pflicht.

(Stille)

ELISABETH Du Alfons. Zuhaus sind wir allein und hier zieht es so grausam.

SCHUPO Also dann packen wir es an -- *(er erhebt sich)* Da hast Deine weissen Herbstastern.

ELISABETH Danke -- *(ab mit dem Schupo)*

(Dunkel)

Szene Nummer 35

Das Orchester spielt nun das Schmeichelkätzchen -- bis Szene Nummer 37.

Szene Nummer 36

Neuer Schauplatz:

Elisabeths möbliertes Zimmer.

Der Schupo (Alfons Klostermeyer) liegt in Unterhosen im Bett und döst vor sich hin. Elisabeth kocht Cafe und betrachtet ab und zu die weissen Herbstastern, die in einer Vase neben dem Spirituskocher stehen. Draussen scheint die Oktobersonne, aber die Gardinen sind halb heruntergelassen und das ganze ist ein Bild des glücklichen Friedens zweier liebender Herzen.

Szene Nummer 37

ELISABETH *(riecht an den weissen Herbstastern)* Wie lang, dass die sich halten. Schon fünf Tage.

SCHUPO Krieg ich noch ein Küsschen?

ELISABETH Ja.

SCHUPO Ist der Cafe bald fertig?

ELISABETH Sofort.

SCHUPO *(nimmt die Kopfhörer vom Nachtkastl und legt sie sich an)* Stramm! Schneidig! -- *(er summt den Radetzkymarsch mit, den die Militärmusik im Radio gerade spielt)*

ELISABETH Du Alfons -- gestern abend war das eine wunderbare Opernübertragung. Aida.

SCHUPO *(legt die Kopfhörer wieder auf das Nachtkastl)* Hast mich also garnicht vermisst?

ELISABETH Aber Alfons!

SCHUPO Krieg ich noch ein Küsschen? [ÖLA 3/W 38 – BS 39 i [2], Bl. 7]

ELISABETH Hier hast den Cafe -- *(sie bringt ihm eine Tasse)* Und hier hast das Küsschen -- *(sie gibt es ihm und setzt sich auf den Bettrand)*

SCHUPO *(geniesst den Cafe)* Ich bin ja nur froh, dass es schon heute ist. Ständig erhöhte Alarmbereitschaft -- gut, dass die blöden Wahlen vorbei sind! Erst vorgestern Nacht habens wieder einen Kameraden von mir erschossen.

ELISABETH Wer denn?

SCHUPO Man weiss es nicht. Die Kommunisten.

(Stille)

SCHUPO Wirst schon sehen, das wird kein gutes Ende nehmen mit den Kommunisten. Eines schönen Tages wird man sie noch alle erschiessen. Du wirst sehen, wir werden noch alle kommunistisch.

ELISABETH Es müssen halt immer viele Unschuldige daran glauben.

SCHUPO Das lässt sich nicht umgehen in einem geordnetem Staatswesen.

ELISABETH Das seh ich schon ein, dass es ungerecht zugehen muss, weil halt die Menschen wilde Tiere sind -- aber es könnt doch auch ein bisschen weniger ungerecht zugehen.

SCHUPO Also das ist Philosophie.

Szene Nummer 38

Jetzt klopft es an die Türe. Die zwei liebenden Herzen lauschen -- abermals klopft es, und zwar entschiedener.

SCHUPO Pst! Niemand zuhause.

ELISABETH Wer kann das sein?

Szene Nummer 39

STIMME Kriminalpolizei!

ELISABETH Jesus Maria!

SCHUPO Polizei? Und ich lieg da. Ausgerechnet Bananen! *(er packt rasch sei-*[ÖLA 3/W 38 – BS 39 i [2], Bl. 8]*ne Kleidungsstücke und versteckt sich im Schrank)*

Szene Nummer 40

Es klopft nun noch entschiedener an die Türe. Elisabeth öffnet und ein Herr betritt ihr möbliertes Zimmer. Es ist das ein Oberinspektor der Sittenpolizei.

Szene Nummer 41

OBERINSPEKTOR Geduld bringt Rosen. *(er sieht sich um und deutet auf das unordentliche Bett)* Ich habe Sie wohl im Schlaf gestört?

ELISABETH Warum?

OBERINSPEKTOR Sie wissen genau warum?

ELISABETH Ich bin heut nicht ganz auf dem Damm.

OBERINSPEKTOR Es gibt allerdings Leute, die haben Nachtdienst und sind deshalb untertags ruhebedürftig.

ELISABETH Wie meinen Sie das?

OBERINSPEKTOR *(hält einen Sockenhalter hoch, den er auf dem Stuhle gefunden hat)* Fräulein pflegen wohl Sockenhalter zu tragen?

(Stille)

ELISABETH Was will man denn von mir?

OBERINSPEKTOR Sie haben von der Polizei einen Unterkommensauftrag gekriegt, darauf steht, dass Sie sich innerhalb dreier Wochen um ein einwandfreies Unterkommen umsehen sollen. Aber Sie haben weder Arbeit, noch haben Sie nachgewiesen, dass Sie sich um eine solche bemüht haben.

ELISABETH Kümmern Sie sich doch um die Leut, die kein Unterkommen haben!

OBERINSPEKTOR Keine Hetzreden bitte! Polizeiwidrig ist nicht, wer kein Unterkommen hat, polizeiwidrig ist nur, wer dadurch die öffentliche Ordnung gefährdet. [ÖLA 3/W 38 – BS 39 i [2], Bl. 9]

ELISABETH Aber ich gefährde doch nicht die öffentliche Ordnung!

OBERINSPEKTOR Solange Sie sich nicht über Ihre Einkünfte ausweisen können, ist dies fraglich.

ELISABETH Für mich wird schon gesorgt.

OBERINSPEKTOR Eben diese freundliche Fürsorge interessiert uns.

ELISABETH Das habe ich doch schon früher angegeben. Ich erhalte von meinem Bräutigam zwanzig Mark in der Woche. Davon lebe ich.

OBERINSPEKTOR Wer ist denn dieser Bräutigam?

(Stille)

OBERINSPEKTOR Sie nennen also den Namen nicht?

ELISABETH Nein.

OBERINSPEKTOR Und warum nicht?

(Stille)

ELISABETH Weil ich meinem Bräutigam kraft seiner Position eventuell schaden täte.

OBERINSPEKTOR *(grinst)* Hübsch! Sehr hübsch -- Eventuell sind bei diesen zwanzig Mark mehrere Bräutigame beteiligt.

ELISABETH Das ist eine Unverschämtheit -- [ÖLA 3/W 38 – BS 39 i [2], Bl. 10]

OBERINSPEKTOR *(unterbricht sie)* Immer nur schön ruhig, Fräulein! Sie entschuldigen, wenn ich indiskret werde -- *(er öffnet plötzlich den Kleiderschrank und ist nicht überrascht einen Mann darin zu finden, aber dass dieser Mann ein Schupo in Unterhosen ist, der von seiner Uniform nur den Rock und die Mütze anhat, scheint ihm etwas peinlich zu berühren)*

Szene Nummer 42

SCHUPO *(steht stramm im Kleiderschrank)*

OBERINSPEKTOR Sie hier?

SCHUPO Es ist alles wahr, was das Fräulein gesagt hat, Herr Oberinspektor.

(Stille)

OBERINSPEKTOR *(zu Elisabeth)* Bitte, lassen Sie uns mal etwas allein –

ELISABETH *(zögert)*

SCHUPO *(zu Elisabeth)* Sei so gut.

ELISABETH Bitte -- *(ab)*

Szene Nummer 43

OBERINSPEKTOR Hier verbringen Sie also Ihre freien Stunden.

SCHUPO *(ist aus dem Kleiderschrank heraus und zieht sich nun hastig an)* Wenn ich eine Aufklärung geben darf, Herr Oberinspektor -- hier liegt bestimmt ein Irrtum vor.

OBERINSPEKTOR Irrtum?! Mensch, wie kommen Sie zu dieser Frau?! Wir haben sie doch [ÖLA 3/W 38 – BS 39 i [2], Bl. 11] im Auge, dass sie zu einer bestimmten Damenkategorie gehört!

SCHUPO Damenkategorie?

OBERINSPEKTOR Wahrscheinlich!

(Stille)

SCHUPO *(lächelt)* Aber nein, Herr Oberinspektor --

OBERINSPEKTOR Kennen Sie sie denn überhaupt?

SCHUPO Kennen jawohl.

OBERINSPEKTOR Und wollen sie heiraten?

SCHUPO Ich habe es vor, Herr Oberinspektor.

OBERINSPEKTOR Wie alt sind Sie denn?

SCHUPO Vierundzwanzig, Herr Oberinspektor.

OBERINSPEKTOR Das alte Lied!

SCHUPO *(ist nun wieder angezogen)* Aber das mit den zwanzig Mark stimmt genau, Herr Oberinspektor.

OBERINSPEKTOR Monatlich achtzig Mark! Sie sind doch auch nicht fürstlich bezahlt!

SCHUPO Meine Eltern unterstützen mich.

OBERINSPEKTOR Was ist denn Ihr Vater?

SCHUPO Schreinermeister.

OBERINSPEKTOR Dann hätten Sie lieber Schreiner werden sollen.

SCHUPO Wie verstehen das, Herr Oberinspektor?

(Stille)

OBERINSPEKTOR Bedaure, aber Sie scheinen es nicht zu ahnen, wen Sie da an den Traualtar führen wollen -- Ihre Braut hat doch wegen Betrug bereits vierzehn Tage Gefängnis hinter sich.

SCHUPO Gefängnis?

OBERINSPEKTOR Betrug. Abgesehen von einer Geldstrafe, die sie sich auch schon mal geholt hat. Dass diesen Damen derlei Verbindungen mit der Polizei ganz erwünscht sind, ist ja menschlich verständlich. Aber ob das Ihrer Karriere sehr förderlich ist --

SCHUPO Keine Ahnung -- [ÖLA 3/W 38 – BS 39 i [2], Bl. 12]

OBERINSPEKTOR Na also! *(er öffnet die Türe und ruft hinaus)* Kommen Sie herein!

Szene Nummer 44

Elisabeth kommt wieder herein. Sie denkt es sich schon, dass jetzt alles aus ist.

(Stille)

SCHUPO Betrug. Stimmts?

ELISABETH Ich weiss, es ist aus.

SCHUPO Gefängnis?

ELISABETH Ja.

(Stille)

SCHUPO Du Elisabeth. Warum hast Du mir denn das alles verschwiegen?

ELISABETH So frag mich doch nicht so saudumm!

(Stille)

SCHUPO *(steht stramm)* Besten Dank, Herr Oberinspektor!

OBERINSPEKTOR Bitte bitte!

SCHUPO *(schlägt die Hacken zusammen und will ab)*

ELISABETH Halt!

SCHUPO *(hält)*

(Stille)

SCHUPO Du hast mich belogen und das ist für mich der entscheidende Punkt.

ELISABETH Nein, Deine Karriere, das ist er Dein entscheidender Punkt.

SCHUPO Nein! Aber zuerst kommt die Pflicht und dann kommt noch Ewigkeiten nichts! Radikal nichts!

(Stille)

ELISABETH Du Alfons. Zuvor -- wie Du da drinn im Schrank warst, da habe ich Dich beschützen wollen. [ÖLA 3/W 38 – BS 39 i [2], Bl. 13]

SCHUPO Mich?

ELISABETH Uns.

SCHUPO Dich! Dich gegen mich! Ich kenn mich schon aus, Fräulein!

(Stille)

ELISABETH *(grinst)* Ich habe Dich halt nicht verlieren wollen, lieber Alfons --

SCHUPO *(schlägt wieder die Haken zusammen)* Herr Oberinspektor! *(rasch ab)*

<u>Szene Nummer 45</u>

OBERINSPEKTOR Also das war wirklich nicht notwendig von Ihnen, dem Mann seine Karriere so leichtfertig zu gefährden --

ELISABETH Notwendig? Und meine Karriere?

OBERINSPEKTOR Sie wollen doch nicht behaupten, dass Sie unschuldig sind?

ELISABETH O nein, das hab ich mir schon längst abgewöhnt. Entschuldigens, aber jetzt muss ich lachen -- *(sie setzt sich auf den Bettrand und lacht lautlos)*

OBERINSPEKTOR Lachens Ihnen nur ruhig aus.

ELISABETH *(lacht plötzlich nichtmehr)* So sagens mir doch, was ich jetzt tun soll -- vielleicht kauft mir der Staat noch einen Strick.

OBERINSPEKTOR Na so schlimm sind wir doch auch wieder nicht -- *(er lächelt)* Ich hab mir nämlich jetzt etwas durch den Kopf gehen lassen -- Sie haben doch schon allerhand hinter sich und sehen vertrauenserweckend aus. Auf Frauen fallen sie alle herein.

ELISABETH Wieso?

OBERINSPEKTOR Kommen Sie morgen Vormittag zu mir ins Büro. Zimmer einundfünfzig erster Stock. Dann reden wir weiter darüber -- Wiedersehen! *(ab)*

(Vorhang)

Ende des zweiten Teiles.

[ÖLA 3/W 41 – BS 39 k [2], Bl. 5]

EPILOG

Szene Nummer 1

Diesmal hebt sich der Vorhang ohne musikalisches Vorspiel. Schauplatz:
In der Seitenstrasse vor dem blauen Schiff.
Es ist Nacht und drinnen im blauen Schiff spielt Pascha auf dem Piano einen schönen Tango -- Elisabeth steht vor der Tür und lauscht. Dann versucht sie durch die Vorhangritzen hinter den Kellerfenstern in das blaue Schiff hineinzuschauen.

Szene Nummer 2

Nun erscheint ein Kriminaler, der stark lispelt. Er stellt sich vor Elisabeth hin. Dann sieht er sich um -- rechts links oben unten.
KRIMINALER *(plötzlich)* Ist sie jetzt da drinnen?
ELISABETH Noch nicht.
KRIMINALER *(langsam ab)*

Szene Nummer 3

Elisabeth lauscht wieder dem schönen Tango und macht so für sich einige Tanzfiguren.

Szene Nummer 4

Jetzt kommt Maria, und zwar in Gesellschaft des Barons mit dem Trauerflor. Elisabeth hatte sie schon kommen sehen und hörte auf zu tanzen.

MARIA Da bist Du ja.

ELISABETH Ich hab schon gedacht, dass Du vielleicht nicht kommst.

MARIA Ehrensache!

BARON *(erkennt Elisabeth)* Ach! *(er lüftet den Hut und lächelt malitiös)*

MARIA Wieso? Du kennst meine fremde Freundin da?

BARON »Fremd?« *(zu Elisabeth)* Ursprünglich wollten Sie doch Ihre werte Leiche verkaufen?

MARIA Leiche? [ÖLA 3/W 41 – BS 39 k [2], Bl. 6]

BARON Absurde Idee!

ELISABETH Lachens mich nur ruhig aus.

BARON Pardon! War doch nicht böse gemeint.

MARIA Böse? Wenn Du nicht artig bist, dann pass aber nur auf, Burschi! Pass nur auf! Wie sagt der brave Hund?

BARON *(bellt)*

MARIA Kusch Dich!

BARON *(nimmt wieder Haltung an und lächelt etwas verlegen)* Sehr zum Wohle allerseits –

MARIA Verschwind! Marsch! – Ich komm gleich nach!

BARON *(ab in das blaue Schiff)*

Szene Nummer 5

MARIA Er ist nämlich pathologisch. Jetzt geht es ihm ja wieder finanziell, seit er die Vertretung übernommen hat.

ELISABETH *(grinst)* Korsette vielleicht?

MARIA Nein, Likör. Komm! Der kauft Dir sicher auch ein Schinkenbrot.

ELISABETH Nein danke. Heut kann ich nämlich nicht.

MARIA Das ist aber fad! Warum hast denn dann auf mich gewartet? Leg Dich doch nieder! Soll ich Dir was leihen?

ELISABETH Ich bräucht aber viel. Fünf Mark.

MARIA Vier könnt ich Dir eventuell?

ELISABETH Fein.

MARIA Ich hab nämlich die Zigarettendose verkitscht. Du weisst Bescheid.

ELISABETH Ja.

MARIA Da -- *(sie gibt ihr vier Mark)* Man weiss, wie das tut -- -- Du wirst [ÖLA 3/W 41 – BS 39 k [2], Bl. 7] mir doch auch mal vier Mark leihen? Nicht?

ELISABETH Sicher.

(Pause)

MARIA *(betrachtet sich in ihrem Taschenspiegel im Lichte, das aus dem blauen Schiff herausfällt)* Fällt Dir eigentlich nichts auf an mir?

ELISABETH Ich wüsst es nicht momentan --

MARIA Da -- *(sie fletscht die Zähne)* Ich hab seit heut Vormittag zwei Stiftzähn da vorn -- Weisst, meine beiden Zähne waren doch ganz graublau, weil halt der Nerv schon abgestorben war.

ELISABETH Du hast Dich zu Deinem Vorteil verändert.

MARIA *(grinst)* Ich gefall mir.

Szene Nummer 6

Der Kriminaler erscheint nun wieder, und zwar hinter Maria, die noch ihre Stiftzähne in ihrem Taschenspiegel betrachtet. Er wartet, bis sich Maria umdreht. Sie erblickt ihn und zuckt etwas zusammen.

(Pause)

Szene Nummer 7

KRIMINALER Sie kommen mit. Sie wissen genau warum.
MARIA *(kleinlaut)* Ich weiss garnichts.
KRIMINALER So Sie wissen garnichts -- und die Zigarettendose?
(Pause)
MARIA *(leise)* Jesus Maria.
KRIMINALER Sie kommen mit.
MARIA *(fixiert Elisabeth)* Wer hat mich denn da verschuftet? Du bist das?
KRIMINALER Sind Sie augenblicklich ruhig!
MARIA Du Sau Du dreckige --
KRIMINALER Halten Sie Ihren Mund! [ÖLA 3/W 41 – BS 39 k [2], Bl. 8]
MARIA Spitzel! Polizeimensch!!
KRIMINALER *(legt ihr rasch die Schliesszange an)* Maul halten! Vorwärts!
MARIA *(spuckt Elisabeth an)*
KRIMINALER Na wartens nur! Los! *(er zerrt sie mit sich ab)*
MARIA Au!!

Szene Nummer 8

Elisabeth wischt sich die Spucke aus ihrem Antlitz. Im blauen Schiff erlischt das Licht und der Morgen graut. Der Schupo (Alfons Klostermeyer) kommt rasch auf das Geschrei hin herbei, hält und erblickt Elisabeth. Und sie erblickt ihn.
(Stille)
SCHUPO Was hat sich denn da abgespielt?
ELISABETH *(lächelt böse)* Nichts. Es ist bloss ein Fräulein verhaftet worden. Wegen nichts.

(Stille)

SCHUPO *(will wieder weiter)*

ELISABETH Halt!

SCHUPO *(hält momentan automatisch)* Was denn nicht noch! Ich hab doch keine Zeit! Ich muss zur Parade! *(ab)*

[ÖLA 3/W 41 – BS 39 k [2], Bl. 9]

Szene Nummer 9

ELISABETH *(sieht ihm nach)* Parade -- -- *(sie grinst)* Zu Befehl, Herr General!

(In der Ferne ertönt Militärmusik: der Marsch »Alte Kameraden«)

Szene Nummer 10

Verwandlung:

Paradeplatz.

Rasch wird es Tag.

Aufmarsch der Schupo mit Fahnen, Trommeln und Musik. Auch Alfons Klostermeyer marschiert natürlich mit.

Dann: Aufstellung zur Parade.

Und dahinter stehen alle, nämlich: der Präparator und der Tierpfleger, der Oberpräparator, der Baron mit dem Trauerflor, Eltz, Schmidt, v. Müller und Vetterle, die Prantl mit ihrem Pascha, der hochgewachsene Herr mit seinem vierjährigem Sohne, der auf seinen Schultern reitet, die Frau Amtsgerichtsrat und er selbst, der Herr Amtsgerichtsrat, der Invalide, die Arbeiterfrau, der Buchhalter, die Kellnerin, der Oberinspektor, der Kriminaler und Elisabeth. Alle -- ausser Maria, die zur Zeit keine Paraden sehen darf.

Szene Nummer 11

Finale:
Trommelwirbel. Präsentieren. Defiliermarsch.
Und nun schreitet der Herr Polizeipräsident persönlich die Front ab, ge-[ÖLA 3/W 41 – BS 39 k [2], Bl. 10]*folgt von seinem Stabe.*
Und die Sonne scheint und der Himmel lacht.

Schluss.

Konzeption: *Glaube Liebe Hoffnung* in sieben Bildern

Zweites Bild: »Im Tierpark am Sonntagnachmittag«

Fassung (Korrekturschicht)

[ÖLA 3/W 16 – BS 39 b [3], Bl. 10–17]

[Bl. 10]

ZWEITES BILD

Szene Nummer 1

Schauplatz:
Im Tierpark am Sonntagnachmittag.
Vor den afrikanischen Antilopen.
Irene Prantl (auffallend jugendlich kostümiert) kommt mit ihrem Sohne, dem cand med. Joachim Prantl -- sie hält vor den afrikanischen Antilopen und betrachtet selbe pedantisch, während Joachim sich langweilt.
Rechts ein Plakat mit der Inschrift: »Besuchet Eueren Tierpark!«
Jetzt kommt ein hochgewachsener Herr mit einem Sprachfehler -- sein vierjähriger Sohn reitet auf seinen Schultern. Der Herr wendet sich an den Tierpfleger, einen mürrischen erfahrenen Mann, der eben mit einem Bündel Stroh vorübergeht.

Szene Nummer 2

HOCHGEWACHSENER HERR Verzeihung Herr Aufseher -- aber wo sind denn da die Leoparden?
TIERPFLEGER Rechts.
HOCHGEWACHSENER HERR Und die Wasserbüffel? [Bl. 11]
TIERPFLEGER Links.

HOCHGEWACHSENER HERR Und das Nashorn?

TIERPFLEGER Immer der Nasen nach -- *(er lässt ihn stehen und ab)*

HOCHGEWACHSENER HERR *(sieht perplex dem Tierpfleger nach)* Zuvorkommend, äusserst zuvorkommend -- *(er geht seiner Nasen nach)*

Szene Nummer 3

JOACHIM Nein. Ich geh nichtmehr mit, Mama.

DIE PRANTL Also ein einzigesmal wird sich der Herr doch wohl auch seiner Mutter widmen können --

JOACHIM Aber nicht zu den Giraffen!

DIE PRANTL Der liebe Herr Sohn -- für den man alles immer tut. Du hast mir Dein Ehrenwort gegeben, dass Du diesen Sonntagnachmittag mit mir dahier zubringen wirst --

JOACHIM *(unterbricht sie)* Du hast mir auch schon mal Dein Ehrenwort gegeben liebe Mama -- dass ich nämlich anlässlich meines ersten bestandenen Examens ein Motorrad bekommen werde --

DIE PRANTL Jetzt halt aber endlich Dein Maul mit dem Motorrad!

JOACHIM Adieu, Mama! *(ab)*

Szene Nummer 4

DIE PRANTL Nicht einmal zu den Giraffen -- -- Da schafft man sich Kinder an und dann ist man immer allein. Immer allein. Schuft!

Szene Nummer 5

Jetzt geht der Tierpfleger wieder vorbei, und zwar mit einem Eimer. [Bl. 12]

DIE PRANTL *(ruft ihm plötzlich zu, fast kreischend)* Herr Aufseher! Wo gibts denn da die Giraffen?!

TIERPFLEGER Wir haben keine Giraffen! *(für sich)* Alter Elefant -- *(ab)*

<u>Szene Nummer 6</u>

Elisabeth kommt, erblickt die Prantl und grüsst.

DIE PRANTL *(etwas verwirrt)* Ach das Fräulein!

ELISABETH Ja.

(Stille)

DIE PRANTL Schönes Wetter --

ELISABETH Sicher.

DIE PRANTL Hoffentlich -- -- Also Wiedersehen, Fräulein! *(ab)*

ELISABETH Wiedersehen, Frau Prantl -- *(sie sieht ihr etwas erstaunt nach und wendet sich dann den afrikanischen Antilopen zu und betrachtet selbe)*

<u>Szene Nummer 7</u>

Nun taucht der Baron mit Trauerflor auf -- auch er stellt sich hin und betrachtet scheinbar die afrikanischen Antilopen, in Wirklichkeit aber natürlich lediglich Elisabeth.

BARON *(plötzlich)* Afrikanische Antilopen. Herrliche Haltung.

ELISABETH *(schweigt)*

BARON Elegant und graziös.

ELISABETH Ja.

(Stille)

BARON Pardon! Hätten die Dame nicht Lust, mit mir eine Tasse Cafe zu trinken -- gleich gegenüber dem Affenhaus?

ELISABETH Nein danke, ich muss hier warten. [Bl. 13]

BARON Zu schade! Na hoffentlich ein andermal -- vielleicht

des Abends. Bisschen Musik und Tanz. Sie kommen mir übrigens fabelhaft bekannt vor, Fräulein --

ELISABETH O das sagen die Herren immer.

BARON Richtig! Wir haben uns doch vor dem Anatomischen Institut getroffen -- *(er glättet seinen etwas zerknüllten Trauerflor)* -- ich hatte damals einen Trauerfall in der Familie.

ELISABETH *(lügt)* Nein. Das war nicht ich.

BARON Vor knapp zwei Wochen.

ELISABETH Nein.

(Stille)

BARON *(lächelt sarkastisch)* Sie wollten doch Ihre werte Leiche verkaufen --

ELISABETH Ich kenne Sie nicht, Herr --

BARON Also dann Pardon! Vielleicht sieht man sich mal anderswo im Leben -- *(er grüsst Elisabeth spöttisch, die ihn stehen lässt und ab)*

Szene Nummer 8

Der Tierpfleger kommt nun abermals vorbei, und zwar diesmal mit einem Besen.

BARON Sie Aufseher! Wo ist denn hier der kürzeste Ausgang?

TIERPFLEGER Ich bin kein Aufseher! Ich bin Tierpfleger!

BARON Ist doch egal!

TIERPFLEGER Ihnen schon, mir aber nicht! Dort ist er, der kürzeste Ausgang! Der Allerkürzeste!

BARON Freches Volk! *(ab)*

Szene Nummer 9

Und wieder erscheint der hochgewachsene Herr mit dem Sprachfehler -- sein [Bl. 14] *vierjähriger Sohn reitet noch immer auf seinen Schultern.*

HOCHGEWACHSENER HERR Verzeihung Herr -- wo sind denn da bitte die Känguruhs?

TIERPFLEGER Die Känguruhs? Die sind uns alle verreckt!

HOCHGEWACHSENER HERR Wie schade! *(zu seinem Sohne)* Et tiebt ier teine Täntutuhs -- *(ab)*

TIERPFLEGER *(schimpft dem hochgewachsenen Herrn nach)* Känguruh damisches -- *(er kehrt mit seinem Besen den Weg und bemerkt es nicht, dass der Präparator daherkommt, und zwar in einer aufgeräumten Stimmung)*

<u>Szene Nummer 10</u>

PRÄPARATOR Servus Herr Direktor!

TIERPFLEGER Jessas der Präparator!

PRÄPARATOR Wie gehts denn allweil?

TIERPFLEGER Miserabel! Was die Leut alles zusammenfragen -- Kreuzkruzefixkruzefixkruzefix, manchmal möcht ich denen schon auf das Maul draufschlagen, bis dass die Stockzähn scheppern!

PRÄPARATOR *(sieht auf seine Uhr)* Eile mit Weile. Zehn vor vier. Ich habe da nämlich ein Rendez-vous.

TIERPFLEGER Ha?

PRÄPARATOR *(grinst)* Mit einem leibhaftigen Fräulein.

TIERPFLEGER So ist es recht! Jetzt werden gar die Präparatoren auch schon narrisch! Kümmer Dich lieber um Deine Toten, die windigen Frauenzimmer bringen bloss Kummer und Verdruss!

PRÄPARATOR Aber ich und dieses Fräulein haben doch gar nichts miteinander! Ich täte es Dir doch sagen, wenn es dem so wäre!

TIERPFLEGER Ist ja wurscht!

(Stille) [Bl. 15]

PRÄPARATOR Sie ist eine Inspektorstochter aus Landshut und ich habe ihr einen Wandergewerbeschein verschafft.

TIERPFLEGER Hast ihr das Geld gar hergeschenkt?

PRÄPARATOR Aber was denn nicht noch! Hergeliehen habe ich es ihr und sie arbeitet es mir schon ab! Das wäre ja gelacht! Hundertfünfzig Mark!

TIERPFLEGER Ha? Hundertfünfzig? Ja Du Rindvieh Du kaiserliches!

PRÄPARATOR Moment! Ein Zollinspektor steht bekanntlich turmhoch über einem Oberpräparator.

TIERPFLEGER Und der Herr Zollinspektor bürgen Dir für Deine hundertfünfzig?

PRÄPARATOR Nein. Weil ich ihn ja schon garnicht kennen tu -- auch schriftlich nicht. Mir langt es aber, dass er ein Zollinspektor ist und basta!

TIERPFLEGER Und wenn der jetzt kein Zollinspektor wäre?

PRÄPARATOR Warum?

TIERPFLEGER So ist es recht! So wird es ja immer rechter, Du leichtsinniges Kaliber! Du solltest meine Frau sein, Dich schlaget ich ja tot!

(Stille)

PRÄPARATOR Lieber alter Freund und Kupferstecher, es tut einem auch hinwiederum gut, wenn man etwas Gutes tut. Dort kommt jetzt das Fräulein selbst.

Szene Nummer 11

Elisabeth kommt.

PRÄPARATOR Schauns mal her, Fräulein -- das ist da jener Freund zu mir, der wo der dienstälteste und versierteste Tierpfleger genannt werden darf -- *(zum Tierpfleger)* Das Fräulein hat nämlich ein reges zoologisches Interesse.

TIERPFLEGER Ist schon möglich!

[Bl. 16]

Szene Nummer 12

Jetzt rauscht die Prantl vorbei -- Elisabeth grüsst und die Prantl dankt.

Szene Nummer 13

PRÄPARATOR Wer war denn jetzt dieses?

ELISABETH Irene Prantl.

PRÄPARATOR *(sieht der Prantl nach)* So die war das?

(Stille)

TIERPFLEGER Wer war denn der alte Elefant?

PRÄPARATOR Irene Prantl.

TIERPFLEGER Ha?

ELISABETH Ich vertrete nämlich die Firma Irene Prantl. Im Aussendienst.

PRÄPARATOR Mit einem Wandergewerbeschein.

ELISABETH *(lächelt)* Ja jetzt geht es mir gut. Seit voriger Woche.

PRÄPARATOR Alsdann auf in das kleine Raubtierhaus, die Hyänen haben Kinder.

ELISABETH Da stinkt es aber wie die Pest.

PRÄPARATOR Geh das bisserl Geruch! Die armen Vieherln müssen doch auch ihre Ausdünstungen haben --

TIERPFLEGER Oder meinens, dass wir Menschen nicht stinken tun? Ich stink und er stinkt und Sie stinken desgleichen!

PRÄPARATOR Er meint es nicht so, er ist ein Original. Gehens nur langsam vor, Fräulein -- ich komm gleich nach, habe nur noch etwas zu besprechen.

ELISABETH Zu den Hyänen? Muss denn das sein?

PRÄPARATOR Jawohl.

ELISABETH *(langsam ab)*

[Bl. 17]

Szene Nummer 14

TIERPFLEGER Und dieses Fräulein soll ein reges zoologisches Interesse haben, hast Du zuvor behauptet -- die scheisst Dir doch etwas auf Deine Hyänen, das hab ich mir gleich gedacht!

(Stille)

PRÄPARATOR Was macht sie denn aber ansonsten auf Dich für einen Eindruck?

TIERPFLEGER Weiber können sich oft grausam verstellen. Erkundigen tät ich mich auf alle Fäll, ob das nämlich stimmt -- das von wegen dem Zollinspektor als Herr Papa.

PRÄPARATOR Meinst?

TIERPFLEGER Schon in Anbetracht Deiner inneren Sicherheit als Mensch.

PRÄPARATOR Hast recht. Es kostet ja nichts.

(Dunkel)

Fünftes Bild: »Bierkeller«

Fassung (Grundschicht)

[ÖLA 3/W 16 – BS 39 b, Bl. 35–46]

[Bl. 35]

<u>FUENFTES BILD</u>

<u>Szene Nummer 1</u>

Schauplatz:
Bierkeller. Stillere Ecke. Abseits der Blechmusik, wo man selbe nicht so laut hört.
Es ist (wie bereits bekannt) inzwischen Herbst geworden und unter dem gelben Laub sitzen und essen Frau Amtsgerichtsrat und er selbst, der Herr Amtsgerichtsrat, denn die Abende sind noch relativ warm.

<u>Szene Nummer 2</u>

FRAU AMTSGERICHTSRAT So iss doch nicht so gierig, August! Denk doch an Deinen Darm!

AMTSGERICHTSRAT Mein Darm ist meine private Angelegenheit und wenn einer draufgeht, dann bin ich derjenige welcher! Der Sanitätsrat hat mich erst gestern wieder gewarnt.

FRAU AMTSGERICHTSRAT Mich hat er auch gewarnt, dass ich wegen meiner Drüsen nicht soviel Treppen steigen soll --
[Bl. 36]

AMTSGERICHTSRAT *(unterbricht sie)* Musst Du denn Korsette verkaufen?! Kompletter Irrsinn! Ueberhaupt diese feine Frau Prantl! Hat ihre Firma mit dem Gelde eines Konfektionsjuden gegründet, mit dem sie früher sogar ein Verhältnis gehabt haben soll!

FRAU AMTSGERICHTSRAT Die gute Frau Prantl ist eine hochanständige Person. An die kannst Du nicht heran -- ich verdien mir doch dabei.

AMTSGERICHTSRAT Bild es Dir bitte nur ja nicht ein, dass es Dir jemand glauben könnte, dass du die Prantlschen Korsette nur behufs Deiner Zerstreuung verkaufst.

FRAU AMTSGERICHTSRAT Ich will aber nicht um jeden Pfennig bei Dir betteln!

AMTSGERICHTSRAT Betteln?

FRAU AMTSGERICHTSRAT Um jeden Pfennig.

AMTSGERICHTSRAT Versündige Dich nicht! Was weisst denn Du schon von der grossen Not? Wo man doch tagaus tagein die armen Leut verurteilen muss, zuguterletzt bloss weil sie kein Dach über dem Kopf haben!

FRAU AMTSGERICHTSRAT Dann würd ich sie halt nicht verurteilen.

AMTSGERICHTSRAT Hermine!

Szene Nummer 3

Der Invalide taucht auf und verkauft weisse Herbstastern, aber niemand kauft ihm eine ab, auch der Herr Amtsgerichtsrat natürlich nicht, der seine Gattin grimmig fixiert.
(Anmerkung: jetzt und immer, wenn ein Herbstasternverkäufer auftaucht, spielt die Blechmusik die Szene über zart einige Takte des Walzers »Bist Dus lachendes Glück?«)

[Bl. 37]
Szene Nummer 4

FRAU AMTSGERICHTSRAT Könntest mir auch mal einen schenken.

AMTSGERICHTSRAT Was?

FRAU AMTSGERICHTSRAT Weissen Flieder.

AMTSGERICHTSRAT Weissen Flieder? Das waren doch weisse Herbstastern. Totenblumen -- *(er grinst)* Ist denn bei Dir im Oktober noch Mai, Hermine?

(Stille)

FRAU AMTSGERICHTSRAT Freu Dich nur.

(Stille)

FRAU AMTSGERICHTSRAT *(erhebt sich plötzlich)* Ich geh jetzt ins Kino.

AMTSGERICHTSRAT *(grinst)* Du Mickymaus --

FRAU AMTSGERICHTSRAT Erstick!

Szene Nummer 5

Frau Amtsgerichtsrat lassen ihren Gatten wütend sitzen und wollen nun zur Mickymaus, treffen aber Elisabeth, die gerade den Bierkeller betritt. Sie fixieren sich, aber Elisabeth will niemand mehr kennen aus ihrer Vergangenheit -- doch Frau Amtsgerichtsrat lassen nicht locker.

Szene Nummer 6

FRAU AMTSGERICHTSRAT Komisch. Wir kennen uns doch --

ELISABETH *(sieht sich ängstlich um)* Bitte kennen Sie mich nicht, Frau Amtsgerichtsrat --

FRAU AMTSGERICHTSRAT Also nur keine Angst Fräulein! Mich geht es ja nichts an, aber wieviel habens denn bekommen?

ELISABETH Vierzehn Tage. [Bl. 38]

FRAU AMTSGERICHTSRAT Sehens, das hab ich Ihnen gleich gesagt!

ELISABETH Aber ohne Bewährungsfrist.

FRAU AMTSGERICHTSRAT Ohne? *(sie wirft einen strafenden Blick auf ihren Gatten)*

ELISABETH Weil ich halt vorher schon die Geldstrafe gehabt habe -- *(sie grinst)* Wenn ich nur wüsst, was ich verbrochen hab --

FRAU AMTSGERICHTSRAT O ich weiss, wie das zugeht! *(sie blickt wieder vorwurfsvoll auf ihren Gatten, der nun mit Hilfe eines Taschenspiegels und eines privaten Zahnstochers in seinen Zähnen herumstochert)* Mir müssen Sie das nicht erzählen! Lauter Ungerechtigkeiten -- und eine neue Stellung habens natürlich auch keine?

ELISABETH Nein. Aber vielleicht werde ich mich dafür verloben.

FRAU AMTSGERICHTSRAT Bravo! Das ist das Beste! Da gratulier ich Ihnen aber!

ELISABETH Wir haben uns nämlich durch einen Zufall kennen gelernt.

FRAU AMTSGERICHTSRAT Kenn ich Fräulein! Kenn ich!

ELISABETH Vielleicht ist das der grosse Zufall in meinem Leben.

FRAU AMTSGERICHTSRAT Was ist er denn, der Herr Bräutigam in spe?

ELISABETH Staatsbeamter.

FRAU AMTSGERICHTSRAT Staatsbeamter? Weiss er denn etwas von Ihren vierzehn Tagen?

ELISABETH Nein.

FRAU AMTSGERICHTSRAT Hm. Das müsstens ihm aber schon sagen, sonst könnt er eventuell Unannehmlichkeiten kriegen mit seiner Karriere --

ELISABETH Ist denn das möglich?

FRAU AMTSGERICHTSRAT Absolut. Na mich geht es ja nichts an -- alles Gute, Fräulein!

[Bl. 39]

Szene Nummer 7

Frau Amtsgerichtsrat entschwinden nun zur Mickymaus und Elisabeth setzt sich an einen freien Tisch. Er selbst, der Herr Amtsgerichtsrat beschäftigen sich noch immer mit seinem Zahnstocher.

KELLNERIN Speisen gefällig?

ELISABETH Ich warte noch. Es kommt noch ein Herr -- *(sie vertieft sich in die Speisekarte)*

Szene Nummer 8

Jetzt tauchen der Präparator auf und sein lieber guter alter Freund der Tierpfleger. Sie rauchen ihre Virginia, setzen sich und trinken Bier. Elisabeth bemerkt sie nicht und dies beruht auf Gegenseitigkeit.

TIERPFLEGER Du glaubst es mir halt nicht, Du Rindvieh Du kaiserliches, dass das Weib der geborene Feind des Mannes ist. Da hab ich mal mit einer Gorillaart von den Bermudasinseln zu tun gehabt -- und da hat das weibliche Tier dem männlichen Tier nach vollzogenem Geschlechtsakte die Gurgel durchgebissen.

PRÄPARATOR Man soll es nicht für möglich halten.

TIERPFLEGER Davon macht sich Dir ja Deine kühnste Phantasie keine annähernde Vorstellung, wie dass es da zugeht, wenn es aufgeht!

PRÄPARATOR Einer bringt den andern um -- ich denk jetzt speziell an den Oberpräparator. Aber wenn ich mir dann so meine Schmetterlingssammlung betrachte, dann denk ich mir trotzdem, es dreht sich halt alles nach einer höheren Ordnung.

Szene Nummer 9

Die Arbeiterfrau taucht auf und verkauft weisse Herbstastern, aber niemand [Bl. 40] *kauft ihr eine ab.*

Szene Nummer 10

PRÄPARATOR Warum hasst er mich denn der Herr Oberpräparator? Weil ich ein Aquarium habe! Weil ich ein gutes Herz habe und weil ich die Tauben füttere --

TIERPFLEGER *(unterbricht ihn)* Und weil Du jeder nächstbesten miserablen Hochstaplerin Dein sauererspartes Geld in den Rachen wirfst! Hundertfünfzig Mark! Wer hat Recht gehabt? Ich!

PRÄPARATOR Man kanns halt im Voraus nicht wissen, wenn man etwas Gutes tun möcht.

TIERPFLEGER *(grinst)* Mir scheint, Du glaubst noch an Wunder --

(Stille)

PRÄPARATOR Geh leck mich am Arsch, alter Krampus -- *(er zieht ein Packel Karten aus seiner Tasche, mischt, teilt und spielt nun mit dem Tierpfleger)*

Szene Nummer 11

Der Schupo (Alfons Klostermeyer) kommt, entdeckt Elisabeth, begrüsst sie, legt seinen Mantel über einen Stuhl und setzt sich zu ihr hin.

SCHUPO *(bestellt bei der Kellnerin)* Zwei Würscht, Kraut und zwei halbe Bier. Magst auch Würscht?

ELISABETH Ja.

KELLNERIN Dunkel oder hell?

SCHUPO Hell.

ELISABETH Und ich dunkel.

[Bl. 41]

Szene Nummer 12

AMTSGERICHTSRAT *(ruft der Kellnerin nach)* Fräulein! Bringens mir auch noch zwei Würscht mit Kraut!

Szene Nummer 13

Jetzt taucht der Buchhalter auf und verkauft weisse Herbstastern, aber niemand kauft ihm eine ab -- nur der Schupo. Er überreicht die weissen Totenblumen Elisabeth, die glücklich lächelt.

Szene Nummer 14

ELISABETH Das hätt ich jetzt aber ursprünglich nicht gedacht, dass Du mir weisse Herbstastern kaufen wirst.

SCHUPO Mir hat das sofort eine innere Stimme gesagt.

ELISABETH Trotzdem.

SCHUPO Hast gedacht, so ein schneidiger Schupo, das ist ein leichtlebiger Falter? Der möchte nur eine mit viel Geld? Weit gefehlt! Ich schätze eine Frau höher ein, die von mir abhängt, als wie umgekehrt.

ELISABETH *(legt ihre Hand auf seinen Arm)* Entschuldige. Aber jetzt muss ich nur noch einmal rasch verschwinden -- *(sie erhebt sich)*

SCHUPO Tu Deinen Gefühlen nur kein Korsett an.

ELISABETH *(schrickt etwas zusammen)* Wieso Korsett?

SCHUPO *(überrascht)* Warum?

(Stille)

ELISABETH *(lächelt)* Entschuldige bitte, aber ich bin heut halt etwas nervös -- *(sie will verschwinden, während der Schupo eine Zeitung entfaltet und sich in die Vereinsnachrichten vertieft)*

[Bl. 42]
Szene Nummer 15

Plötzlich erblickt Elisabeth knapp vor sich die beiden kartenspielenden Herren, nämlich den Tierpfleger und den Präparator. Sie erstarrt vor Entsetzen.

TIERPFLEGER Jessas Deine hundertfünfzig Mark!

PRÄPARATOR Was? Wo?

TIERPFLEGER Hinter Dir!

PRÄPARATOR *(dreht sich um und starrt Elisabeth an)*

(Stille)

PRÄPARATOR *(grinst)* Ja wen sehen denn meine rosigen Aeuglein? Sinds schon wieder heraus aus dem Zuchthaus?

ELISABETH *(heiser)* So seins doch still, Herr Präparator!

TIERPFLEGER Das geht Sie überhaupt nichts an!

ELISABETH Aber da drüben sitzt doch mein Bräutigam und der braucht doch nichts wissen davon, sonst ist doch alles vielleicht aus --

PRÄPARATOR Bräutigam?

ELISABETH Ja.

TIERPFLEGER Wo? *(er erhebt sich und pfeift leise durch die Zähne)* Der Polizist dort vielleicht?

ELISABETH Ja.

PRÄPARATOR Was? Ein Polizist? Und der weiss nichts von Ihrem sauberen Vorleben? Ein so ein Rindvieh! *(er lacht schallend)*

TIERPFLEGER Gute Nacht! Eine saubere Polizei haben wir da! Ein Saustall ist das im Staate! Du zahlst Steuern und Steuern --

ELISABETH *(unterbricht ihn)* So habens doch Mitleid mit mir --

PRÄPARATOR *(unterbricht sie)* Habens nur keine Angst, Sie -- wir sind doch keine Unmenschen! Ich hätt mir zwar mit Ihrem Wandergewerbeschein mein Terrarium direkt fürstlich ausbauen können, aber ich verzichte auch auf die siamesischen Schleierfische -- *(er lacht wieder schallend)* Das wird [Bl. 43] ja für Ihren Herrn Bräutigam ein feines Erwachen geben! So ein Rindvieh! Geh sagens ihm unbekannterweise einen schönen Gruss -- *(zum Tierpfleger)* Spiel aus, alte Hütten, Du bist dran!

Szene Nummer 16

Elisabeth verschwindet nun langsam -- die Kellnerin bringt nun die Würscht und das Kraut und das Bier. Der Schupo lässt seine Zeitung stehen und macht sich gleich über seine Würscht her.

AMTSGERICHTSRAT Wo bleiben meine Würscht?

KELLNERIN Sofort! *(wieder ab)*

Szene Nummer 17

Elisabeth kommt wieder und setzt sich zu ihrem Bräutigam.

SCHUPO Das hat aber lang gedauert. Wars Dir denn schlecht?

ELISABETH Etwas.

SCHUPO Doch nichts besonderes?

ELISABETH Wieso?

SCHUPO Hoffentlich. Ich hab nämlich immer achtgegeben.

ELISABETH Achso.

(Stille)

SCHUPO Komm -- die Würscht sind schon kalt und das Kraut ist gestockt.

ELISABETH *(isst)*

SCHUPO *(plötzlich)* Was gefällt Dir eigentlich an mir?

ELISABETH Alles.

SCHUPO Aber welches Wort würde denn am besten zu mir passen?

ELISABETH Ich weiss es nicht.

SCHUPO Geh das wirst Du doch wissen! [Bl. 44]

ELISABETH Du hast Dich etwas verändert, Alfons. Früher warst Du trauriger.

SCHUPO Wie das?

ELISABETH Halt melancholischer.

SCHUPO O das bin ich jetzt auch noch! Das wäre ja gelacht!

Szene Nummer 18

Der Präparator und der Tierpfleger hatten das Kartenspielen aufgehört und gehen nun heim -- an dem Schupo vorbei und grüssen Elisabeth ironisch devot.

Szene Nummer 19

SCHUPO Wer war denn das?

ELISABETH Keine Ahnung.

SCHUPO Aber die Herren haben Dich doch gegrüsst --

ELISABETH Vielleicht haben mich die Herren verwechselt. Man verwechselt doch leicht einen Menschen.

SCHUPO Das schon. Zwar wenn ich als Staatsgewaltsorgan zwei Menschen miteinander verwechseln tät -- das wär nicht gut für meine Karriere.

ELISABETH Ist das bei Dir wirklich so streng?

SCHUPO Sehr. Und oft schon direkt ungerecht.

Szene Nummer 20

Frau Amtsgerichtsrat kehren nun wieder zurück von der Mickymaus und setzen sich stumm zu ihm selbst, dem Herrn Amtsgerichtsrat. Noch haben Frau Amtsgerichtsrat Elisabeth nicht wieder erblickt, doch Elisabeth hat sie wieder erkannt.

[Bl. 45]

Szene Nummer 21

SCHUPO Ist Dir denn kalt, weil Du mit die Zähn so klapperst?

ELISABETH Ja.

SCHUPO Sehr?

ELISABETH Ziemlich.

SCHUPO Ich tät Dir schon gern meinen Mantel umhängen, ich brauch ihn nämlich nicht, aber das ist mir verboten.

ELISABETH *(lächelt)* Der Mantel ist halt immer im Dienst.

SCHUPO Pflicht ist Pflicht.

Szene Nummer 22

AMTSGERICHTSRAT *(plötzlich)* Wie war denn die Mickymaus?

FRAU AMTSGERICHTSRAT Lustig.

(Stille)

AMTSGERICHTSRAT Warum bist Du denn nicht direkt nachhaus?

FRAU AMTSGERICHTSRAT Das kann ich doch nicht. Du hast doch die Schlüssel.

AMTSGERICHTSRAT Aha. *(zur Kellnerin)* Wo bleiben denn meine Würscht?

KELLNERIN Sofort!

FRAU AMTSGERICHTSRAT Du isst noch Würscht?

AMTSGERICHTSRAT *(grinst)* Ich bin so frei --

FRAU AMTSGERICHTSRAT So sei doch nicht so rechthaberisch, August!

Szene Nummer 23

ELISABETH Du Alfons. Zuhaus sind wir allein und hier zieht es so grausam.

SCHUPO Also dann packen wir es an -- *(er erhebt sich)* Da hast Deine [Bl. 46] weissen Herbstastern.

ELISABETH Danke.

Szene Nummer 24

Die Kellnerin bringt nun endlich die Würscht -- und jetzt erst erblicken Frau Amtsgerichtsrat die sich entfernende Elisabeth.

FRAU AMTSGERICHTSRAT *(plötzlich klatschsüchtig)* Du August -- dort drüben geht das Fräulein von der Prantl, das war doch der Betrugsfall mit dem Versicherungsinspektor und Zollinspektor --

AMTSGERICHTSRAT Keine Ahnung!

FRAU AMTSGERICHTSRAT Aber Du hast sie doch verurteilt --

AMTSGERICHTSRAT Möglich!

(Stille)

FRAU AMTSGERICHTSRAT Dass Du ihr aber keine Bewährungsfrist gegeben hast, das war ungerecht von Dir --

AMTSGERICHTSRAT *(wirft wütend seine Gabel auf den Tisch)* Kümmer Dich um Deine eigenen Ungerechtigkeiten, Hermine!

(Dunkel)

Siebtes Bild (1)

Fragmentarische Fassung der Szenen 14–19 (Korrekturschicht)

[ÖLA 3/W 39 – BS 39 j [1], Bl. 2, 3]

\Textverlust\ [Bl. 2]

DRITTER SCHUPO *(erfasst ihren Arm)* Halt!

ELISABETH *(brüllt)* Auslassen! Auslassen!

ALLE *(ausser Alfons Klostermeyer, stürzen sich auf sie)*

JOACHIM Au! Die beisst ja!

VIZEPRÄPARATOR Was? Beissen wirst Du -- beissen?!

Szene Nummer 15

Während nun Elisabeth in die Zwangsjacke gepresst wird (wobei sich hauptsächlich der Tierpfleger auszeichnet) marschiert draussen eine Formation mit Musik zur Parade vorbei -- und zwar auf den Marsch »Alte Kameraden«. Dann verhallt die Musik in der Ferne und Elisabeth sitzt nun in sich zusammengesunken auf einem Stuhl.

Szene Nummer 16

SCHUPO *(hatte der Musik gehorcht)* Die Parade -- *(er setzt sich seinen Helm auf)* [Bl. 3]

TIERPFLEGER Wir habens geschafft!

BUCHHALTER Darf ich mich empfehlen? *(ab)*

Szene Nummer 17

KAMERAD *(öffnet die Fensterläden: draussen steht ein grauer fahler Tag)*

DRITTER SCHUPO Es regnet noch immer.

SCHUPO Es ist schon Tag. Höchste Eisenbahn -- *(ab)*

Szene Nummer 18

JOACHIM Wo ist denn hier in der Nähe ein Photograph?

KAMERAD Gleich um die Ecke.

Szene Nummer 19

ELISABETH *(plötzlich)* Dürft ich den Herrschaften etwas offerieren?

TIERPFLEGER Was denn?

ELISABETH Prima Büstenhalter.

(Stille)

VIZEPRÄPARATOR *(streicht ihr über das Haar)* Nur die Hoffnung nicht sinken lassen --

ENDE

Siebtes Bild (2)

Fragmentarische Fassung der Szenen 14–19 (Korrekturschicht)

[ÖLA 3/W 39 – BS 39 j [1], Bl. 4–6]

\Textverlust\ [Bl. 4]

ELISABETH Auslassen!

VIZEPRÄPARATOR Im Gegenteil!

ELISABETH *(brüllt)* Auslassen! Auslassen!

Szene Nummer 15

Alle, ausser Alfons Klostermeyer, stürzen sich nun auf Elisabeth -- denn sie denken, Elisabeth könnte einen kleinen Tobsuchtsanfall bekommen.

JOACHIM Au! Die beisst ja!

VIZEPRÄPARATOR Was? Beissen wirst Du -- beissen?! [Bl. 5]

ELISABETH *(zieht sich verschüchtert zurück)*

JOACHIM Beisst ihrem eigenem Lebensretter in die Hand --

ELISABETH *(fletscht die Zähne)*

Szene Nummer 16

Jetzt marschiert in der Ferne eine Formation mit Musik vorbei -- und zwar auf den Marsch »Alte Kameraden«. Dann verhallt die Musik und Elisabeth sitzt nun in sich zusammengesunken auf einem Stuhl.

Szene Nummer 17

SCHUPO Die Parade -- *(er setzt sich seinen Helm auf)*

KAMERAD Was knurrt denn da?

ELIS Mein Magen.

DRITTER Gib ihr was zu essen.

KAMERAD *(gibt ihr aus seiner Manteltasche ein Brötchen)*

ELIS *(grinst)* Ihr seid so gut zu mir. Ihr verwöhnt mich – *(sie grinst plötzlich nichtmehr und sieht sich ängstlich um)* Wer hat mich jetzt angehaucht?

SCHUPO *(wollte ab, hält aber nun)*

(Stille)

ELIS Es hat mich jetzt nämlich jemand angehaucht -- -- Wissen Sie, meine Herren, es ist natürlich so, dass man sein Leben nicht von sich werfen soll und ich werde mich auch beherrschen -- aber es ist so schwer das Leben ohne Wandergewerbeschein, ich rede jetzt nicht direkt persönlich, denn ich bin darüber hinaus -- aber wir Menschen müssen dazu kommen, dass jeder essen darf, der arbeiten will – in irgendeiner Form müssen wir diesen [Bl. 6] Idealzustand realisieren – -- -- o Mutter, was ist das für eine schöne gebratene Gans -- nein, gib mir nicht den Rücken, Mutter – nein gib mir die Brust -- die Brust -- *(sie stirbt sanft an einer plötzlichen Herzschwäche)*

(Stille)

Szene Nummer 18

BUCHHALTER *(nähert sich leise und klopft auf die Tischplatte; behutsam)* Fräulein. Fräulein.

DRITTER *(geht zu ihr hin)* Ich befürchte das Schlimmste.

SCHUPO *(nimmt seinen Helm ab)*

VIZEPRÄ *(beugt sich über sie)* Stimmt. Sie haben recht. Die hat es überstanden. Das Leben.

JOACHIM Es war umsonst. *(ab)*

SCHUPO Umsonst. Jetzt geh ich zur Parade. Höchste Eisenbahn. *(er setzt sich seinen Helm wieder auf)*

DRITTER Ist noch Zeit, Klostermeyer. *(er zieht sich weisse Handschuhe an)* Wart auf uns. Wir müssen doch auch. Du weinst?

SCHUPO Nein!

DRITTER Verzeihung.

(Stille)

VIZE Ich lebe ich weiss nicht wie lang, ich sterbe weiss nicht wann, ich fahre, ich weiss nicht wohin, mich wundert, dass ich so fröhlich bin –

(Stille)

VIZE Es regnet noch immer.

SCHUPO Das wird eine verregnete Parade.

DRITTER {Wahrscheinlich}.

VIZE Darf ich mich jetzt empfehlen? *(ab mit dem Buchhalter)*

Szene Nummer 19

Und wieder zieht die Musik vorbei. Die drei Schupos setzen sich ihre Helme auf und gehen zur Parade.

KAMERAD Komm Klostermeyer –

SCHUPO *(folgt ihm und wirft noch einen letzten Blick auf seine tote Elisabeth)*

\Abbruch der Bearbeitung\

Über die Entstehung meines Volksstückes »Glaube Liebe Hoffnung« [»Randbemerkung«]

Fragmentarische Fassung (Korrekturschicht)

[ÖLA 3/W 239 – BS 39 a [2], Bl. 1, 2]

[Bl. 1]

<u>Ueber die Entstehung meines Volksstückes »Glaube Liebe Hoffnung«</u>

Februar 1932 traf ich in München einen Bekannten, einen Gerichtssaalberichterstatter namens Lukas Kristl. Dieser sagte zu mir damals ungefähr folgendes: ich (Lukas Kristl) verstehe die Dramatiker nicht, warum dass diese Dramatiker, wenn sie den Tatbestand und die Folgen eines wirklichen oder vermeintlichen (Justizirrtum) Verbrechens dramatisch bearbeiten, immer nur sogenannte Kapitalverbrechen bevorzugen, die doch relativ selten begangen (oder in Hinblick auf den Justizirrtum nicht begangen) werden, und warum sich also die Dramatiker niemals um die vermeintlichen oder wirklichen Tatbestände und Folgen der kleinen Verbrechen kümmern, denen wir doch landauf landab tausendfach und tausendemal begegnen -- für die vielmehr unschuldig verurteilt werden. Und deren Folgen sehr häufig denen des lebenslänglichen Zuchthauses ähneln, denn bekanntlich: einmal in Konflikt gekommen, dauernd in Konflikt -- ja er als Gerichtssaalberichterstatter sieht das ja Tag für Tag, wie diese kleinen unscheinbaren Paragraphen und Polizeivorschriften die Menschen nichtmehr auslassen, umklammern und schliesslich erwürgen. Dabei dreht es sich ursprünglich, primär um Vergehen, von denen die meisten Menschen

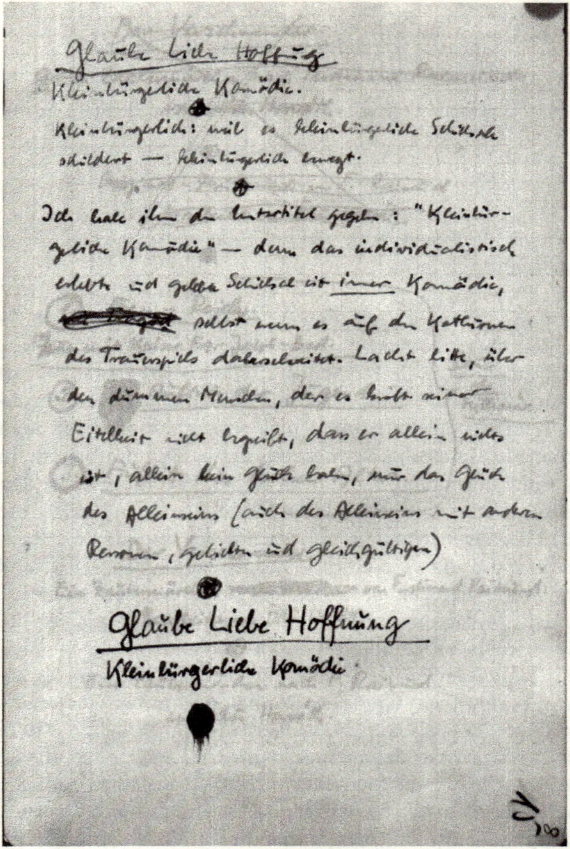

Glaube Liebe Hoffnung
Kleinbürgerliche Komödie.

Kleinbürgerlich: weil es kleinbürgerliche Schicksale schildert — kleinbürgerlich erregt.

Ich habe ihm den Untertitel gegeben: "Kleinbürgerliche Komödie" — denn das individualistisch erlebte und gelebte Schicksal ist immer Komödie, ~~[illegible]~~ selbst wenn es auf den Kothurnen des Trauerspiels daherschreitet. Lacht bitte, über den dummen Menschen, der es trotz seiner Eitelkeit nicht begreift, dass er allein nichts ist, allein kein Glück haben, nur das Glück des Alleinseins (auch des Alleinseins mit anderen Personen, geliebten und gleichgültigen)

Glaube Liebe Hoffnung
Kleinbürgerliche Komödie

ÖLA 3/W 362 – o. BS, Bl. 8

Fassung und Werktitel

Glaube Liebe Hoffnung
Kleinbürgerliche Komödie.

*

Kleinbürgerlich: weil es kleinbürgerliche Schicksale schildert – kleinbürgerlich bewegt.

*

Ich habe ihm den Untertitel gegeben: »Kleinbürgerliche Komödie« – denn das individualistisch erlebte und gelebte Schicksal ist immer Komödie, ~~nie Tragöd~~ selbst wenn es auf den Kothurnen des Trauerspiels daherschreitet. Lacht bitte, über den dummen Menschen, der es kraft seiner Eitelkeit nicht begreift, dass er allein nichts ist, allein kein Glück haben, nur das Glück des Alleinseins (auch des Alleinseins mit anderen Personen, geliebten und gleichgültigen)

*

Glaube Liebe Hoffnung
Kleinbürgerliche Komödie

*

garnicht wissen, dass es Vergehen sind, aber Unwissenheit schützt nicht vor Strafe, usw.

Ich erwiderte ihm darauf ungefähr folgendes: die Leut im Theater sehen sich aber lieber an, wie einer umgebracht wird, als wie das, wie einer zum Beispiel wegen eines Vergehens bestraft wird, vielleicht gar noch bedingt. Dazu ziehen sich die Leut nicht an, um ins Theater zu gehen! Wenn schon Justiz, dann muss es schon ein richtiger korrekter Raub – Lust – politischer Mord sein, oder Justizmord -- der Tatbestand des Mordes ist die Hauptsach, auch in den Justizstücken, die sich mit den Folgen beschäftigen. (Tendenzstücken)

Es interessiert nur z. B. der hingerichtete politische Führer, niemals aber die 1000 Jahre Zuchthaus für sein Gefolge.

[Bl. 2]

Als Künstler soll man sich zwar niemals nach den Leuten richten, aber man gehört doch selbst auch nur zu den Leuten.

Er sagte mir, auch ein Mord ist nicht mehr aufregend zuguterletzt, wie ein kleiner Paragraph Verbrechen, und er erzählte mir einige Fälle aus seiner Praxis. Das waren aber alles Fälle, die unbrauchbar waren für die Bühne. »Die Leut würden sagen, das gibt es nicht, und zwar mit Recht würden sie uns diesen Vorwurf machen. Man müsste also retouchieren.«

Und Kristl erzählte mir noch diesen Fall:

Es ist ein alltäglicher Fall. Der Kampf des einzelnen gegen die Allgemeinheit, und diesem Kampfe gibt es keinen Frieden: nur einen Waffenstillstand, der immer wieder gebrochen wird.

Es entstand dieses Stück.

Ein Volksstück mit dem Titel »Glaube Liebe Hoffnung« gab ich ihm. Und dieser Titel ist nicht ironisch gemeint. (Wie ich überhaupt nie »Ironie« mache, Parodie hasse – es ist die Wirklichkeit, über die gelacht wird, es ist die Tragik.)

Kristl gab mir Material. Ich sagte ihm, so ist es ein Feuilleton, wir müssen das Wesentliche herausschälen: den Kampf des Einzelnen gegen die Allgemeinheit, mit der Allgemeinheit. Individuum und Gesellschaft. Die grosse Komödie »Glaube Liebe Hoffnung«.

Ich danke hiemit Lukas Kristl.

Dass er mir diesen Stoff gab. Und auch für manche Anregung.

Als Motto setzte ich dem Stück voraus: aus der Bibel Buch Moses Kapitel 8 Vers 21:

»Und der Herr roch ......«

\Abbruch der Bearbeitung\

Material zum Kontext

Artikel von Wilhelm Lukas Kristl

Lukas Kristl
Vor Gericht ist das Betrug

Münchener Post 13./14.7.1929

Die junge Angeklagte reiste in Korsetten. Jawohl, das gibt es auch noch im Zeitalter des Bubikopfes. Auf der Suche nach einer neuen Reisevertretung kam sie zu einem Kaufmann in G., dem sie als Verkaufskanone empfohlen war. Der Mann engagierte sie. Notwendig war nur noch ein Wandergewerbeschein, der 200 Mark kostete, ein Betrag, den die neue Vertreterin nicht aufzubringen vermochte. Der Geschäftsherr streckte ihr daher auf ihr Ersuchen das Geld vor.

Die Angeklagte bat brieflich die Eltern in K., ihr diesen Wandergewerbeschein zu besorgen. Diese wandten sich ans Gewerbeamt und erhielten dort den Bescheid, die Antragstellerin müsse selber kommen. Diese hatte inzwischen das vorgestreckte Geld dazu benutzt, eine dringliche Reststrafe von 110 M. zu bezahlen, andernfalls sie ins Gefängnis hätte müssen und so die neue Existenz zum Teufel gegangen wäre. Sie wendete das eine Unglück ab. Allein das andere kam sogleich. Sie erkrankte nach 14 Tagen und mußte mehrere Monate im Krankenhaus liegen. Nun klagte der Kaufmann wegen Betrug.

Dem Gericht erklärte er, er habe sich vor allem deshalb zu den [sic!] Kredit von 200 M. für den Wandergewerbeschein herbeigelassen, weil die Angeklagte ihm gegenüber ihren Vater als Zollinspektor ausgegeben habe. Die Angeklagte bestritt dies. Von einem Zollbeamten sei keine Rede gewesen. Sie habe Versicherungsbeamter gesagt, was ihr Vater auch sei. Da müsse ein Hörfehler vorliegen. Im übrigen sei sie der Meinung gewesen, daß sie das Geld für den Schein längst verdient habe, bis dieser aus K. käme. Durch diese Rechnung habe ihr die plötzliche Erkrankung einen Strich gemacht.

Der Staatsanwalt hielt die junge Korsettreisende für sehr raffiniert. Er bezweifelte sehr, ob ihr Versuch durch die Eltern in K. einen Wandergewerbeschein zu erhalten, überhaupt ernstgemeint war, Seiner Ansicht nach handelte es sich hier eher um ein Vorsichtsmanöver, inszeniert zu dem Zweck sich hinterher bei einer Betrugsanzeige ausweisen zu können.

Der Verteidiger bemühte sich um einen Freispruch. Er plädierte: Selbst wenn die Angeklagte ihren Vater als Zollinspektor ausgegeben hätte, was nicht stimme, so läge hier trotzdem noch kein Betrug vor, weil die Betrugsabsicht gefehlt habe. Die Angeklagte habe sich ernsthaft um einen Schein bemüht. Dafür, daß sie dann erkrankt sei, könne sie nichts.

Das Gericht sagte so: Nach seiner Meinung habe sich die Angeklagte schon um einen Schein bemüht, aber zunächst das Geld entgegen seiner Bestimmung zur Bezahlung einer Strafe verwendet. Wenn man auch anerkennen müsse, daß sie bestrebt gewesen sei, die Sache wieder gutzumachen, so habe andererseits doch gerade die Zusicherung, daß der Vater Zollbeamter sei, den Zeugen wesentlich zur Hergabe des Geldes bestimmt. Das Urteil lautete wegen Betrugs im Rückfall auf die Mindeststrafe von 3 Monaten Gefängnis. Bedingter Straferlaß wurde gewährt. K.

Gerichtsakten zum Fall Klara Gramm

Anklageschrift vor dem Amtsgericht in München vom 28.9.1928

Gramm Klara, geb. am 18. II. 1900 in Memmingen, Tochter von Adolf Gramm und Karolina Welty, ledige Reisende in Kempten, Wiesstrasse S. 6,

bestraft wegen Betrugs durch Strafbefehle der Amtsgerichte
a) Augsburg vom 21. II. 1923 mit 18 000 M, bezahlt am 5. III. 23,
b) Memmingen vom 17. XII. 26 mit 150 RM, teilweise bezahlt am 10. IV. und 17. V. 27, Tat begangen im Sommer 1926,

ist hinreichend verdächtigt

in der Absicht sich einen rechtswidrigen Vermögensvorteil zu verschaffen, das Vermögen eines Anderen dadurch beschädigt zu haben, dass sie durch Vorspiegelung falscher und der Unterdrückung wahrer Tatsachen einen Irrtum erregte.

Am 30. XII. 27 veranlasste sie den Kaufmann Georg Aschl dahier durch die bewusst unwahren Angaben, ihr Vater sei in Kempten höherer Beamter, Zollinspektor, sie werde das Geld dazu verwenden, sich einen Wandergewerbeschein zu lösen und mit diesem für die Firma Aschl reisen und unter Verschweigung ihrer wahren, von vorneherein bestehenden Absicht, dass sie mit dem Gelde nur ihre restliche Betrugsstrafe bezahlen wollte, ihr die Summe von 200 RM zu übersenden. Aschl hatte sich täuschen lassen und wurde so in seinem Vermögen um diesen Betrag geschädigt.

Die Angeschuldigte ist im Wesentlichen geständig.

Diese Handlung erfüllt den Tatbestand eines Verbrechens des Betrugs i. R. nach §263, 264 RSTGB.

Protokoll der Verhandlung vom 4.4.1929
[Staatsarchiv München, AG 36824]

Gegenwärtig: I. Der Amtsrichter Stelzner, als Vorsitzender
3. 2. STA. Kauffmann, als Beamter der Staatsanwaltschaft,
4. J. OS. Koch, als Urkundsbeamter.

Zur Hauptverhandlung in dem Strafverfahren gegen Gramm Klara in Kempten, wegen Betrugs im Rueckfall erschien bei Aufruf der Sache die Angeklagte persönlich mit ihrem Verteidiger Rechtsanwalt Dr. Willy Kahn.

Der Verteidiger der Angeklagten beantragte Aussetzung der Hauptverhandlung, da der Vater der Angeklagten wegen ploetzlicher Erkrankung nicht mitgebracht werden konnte; er erklaerte sich jedoch damit einverstanden, dass die Beschlussfassung seines Antrages bis zum Schluss der Beweisaufnahme zurueckgestellt wird.

Der vorgeladene Zeuge wurde aufgerufen, mit dem Gegenstande des Verfahrens und der Person der Angeklagten bekannt gemacht und in angemessener Weise auf die Bedeutung des Eides und darauf hingewiesen, dass der Eid sich auch auf die Beantwortung von Fragen über seine/ihre Person und sonstiger Fragen nach §68 StpO. bezieht.

Der Zeuge wurde sodann aus dem Sitzungssaal entlassen. Über die persönlichen Verhältnisse vernommen, erklärte die Angeklagte wie in den Akten bereits richtig erhoben wurde.

Die Rueckfallvorstrafen wegen Betrugs wurden wie folgt festgestellt und anerkannt:

1. Strafbefehl d. A-G. Augsburg vom 21. II. 23 mit 18 000 M ev. 120 Tage Gfgns., bezahlt am 5. III. 1923.
2. Strafbefehl d. A. G. Memmingen vom 17. 12. 1926, 150 RM ev. 30 Tage Gfgns. Zugestellt am 18. 12. 1926 dem Vater der Gramm, Tat begangen im Sommer 1926, je 20 RM bezahlt von der Angeklagten am 10. 4. und 17. 5. 1927.

Hierauf wurde der Beschluss über die Eröffnung des Hauptverfahrens vom 9. Oktober 1928 verlesen.

Die Angeklagte wurde befragt, ob sie etwas auf die Beschuldigung erwidern wolle.

Sie erklärte sich zur Sache.

I. Zeuge, gesetzlich beeidigt.

Z. P.: Aschl Georg, 48 Jahre alt, verh. Kaufmann in Muenchen, dü. a. Fr. v.

Der Zeuge wurde zur Sache einvernommen:

Gemaess Antrag des Staatsanwalts und mit Einverstaendnis der Angeklagten verkuendete der Vorsitzende folgenden

Beschluss:

Es ist das Protokoll des Amtsgerichts Kempten vom 30. 1. 1929 ueber die Einvernahme der Zeugen Mangold Josef und Gramm Anton zu verlesen, da die Gründe die zur komm. Vernehmung dieser Zeugen gefuehrt haben, noch unveraendert fortbestehen. Hierauf wurden die Aussagen der Zeugen Mangold und Gramm Anton, sowie die mit [...] bezeichnete Aussage der Angeklagten vom 12. 3. 1928 gegenueber dem Oberwachtmeister Man[g]old in Kempten [notiert].

Weiter wurde festgestellt, dass der Zeuge Mangold gesetzlich beeidigt wurde während Gramm Anton gemaess §58 STPO unbeeidigt vernommen wurde.

Die Angeklagte wurde zu den beiden Zeugenaussagen gehoert.

Anschliessend erging Beschluss:

Es ist die schriftliche Mitteilung des Stadtrates Kempten vom 21. 2. 1929 zu verlesen.

Sie wurde sodann verlesen.

Nach der Vernehmung eines jeden Zeugen – sowie nach der Verlesung eines jeden Schriftstücks – wurde die Angeklagte befragt, ob sie etwas zu erklären habe.

Die Staatsanwaltschaft und sodann die Angeklagte – und der Verteidiger – erhielten zu ihren Ausführungen das Wort.

Der Vertreter der Staatsanwaltschaft beantragte den Aussetzungsantrag des Verteidigers zurueckzuweisen und die Angeklagte wegen eines Verbrechens des Betrugs im Rueckfall zur Gefaengnisstrafe von drei Monaten zu verurteilen.

Der Verteidiger der Angeklagten beantragte Freisprechung ev. den Vater der Angeklagten zu laden und die Gegenueberstellung des Zeugen Mangold mit der Angeklagten[,] und bei einer ev. Verurteilung bedingten Straferlass.

Der Staatsanwalt beantragte die Zurueckweisung des Aussetzungsantrages und erhob keinerlei Erinnerungen gegen einen bedingten Straferlass mit Probezeit bis 1.4.1933 unter Schadloshaltung des Aschl bis 1.1.1930.

Die Angeklagte hatte das letzte Wort.

Sie schloss sich den Ausfuehrungen ihres Verteidigers an.

Der Vorsitzende verkuendete durch Verlesung der Urteilsformel, Mitteilung der Gründe und unter Anfuegung der Rechtsmittelbelehrung folgendes

1. Urteil:

Gramm Klara, geb. am 18. Februar 1900 zu Memmingen, led. Reisende in Kempten, vorbestraft,

ist schuldig

eines Verbrechens des Betrugs im Rueckfall und wird hiewegen zur

Gefaengnisstrafe von drei Monaten,

und zur Tragung der Kosten des Verfahrens und der Strafvollstreckung verurteilt.

II. Anliegenden Beschluss ueber die Bewilligung des bedingten Straferlasses mit Probezeit bis 1. April 1933.

(Der Staatsanwalt und die Angeklagte verzichteten auf Rechtsmittel und Beschwerde.)

Gründe:

Die für erwiesen erachteten Tatsachen, in welchen die gesetzlichen Merkmale eines Verbrechens des Betrugs i. R. gefunden wurden, und das zur Anwendung gebrachte Strafgesetz (§263, 264 RSTGB.) gehen einschliesslich der Rückfallsbelege aus dem Eröffnungsbeschluss hervor, auf welchen gemäss §267 Abs. III RSTPO. Bezug genommen wird.

Der Angeklagten wurden mildernde Umstände zugebilligt, da sie offensichtlich bestrebt war, nach der rechtswidrigen Verwendung der ihr vom Zeugen Aschel übersandten 200.- RM für dessen Firma Aufträge zu erhalten. Da die Angeklagte keinen ungünstigen Eindruck machte und bisher nur mit Geldstrafen vorbestraft ist, erschien die gesetzliche Mindeststrafe als strafangemessen.

Ausspruch im Kostenpunkt: §465 RSTPO.

Es wurde öffentlich verhandelt.

Der Amtsrichter:

Stelzner Koch

Editorische Notiz

Von dem »kleinen Totentanz« *Glaube Liebe Hoffnung* wurde 1933 in dem zum Ullstein-Konzern gehörenden Arcadia Verlag ein hektographiertes maschinenschriftliches Stammbuch hergestellt. Aufgrund der nationalsozialistischen Machtübernahme im Deutschen Reich wurde das Stück erst am 13. November 1936 nicht dort, sondern im Wiener »Theater für 49« unter dem Titel »Liebe, Pflicht und Hoffnung« in dieser Fassung uraufgeführt. In Buchform wurde das Stück erstmals 1961 von Traugott Krischke in dem Sammelband *Ödön von Horváth: Stücke* veröffentlicht. Auszüge aus dem genetischen Material wurden in unterschiedlichen Qualitätsgraden erstmals in den 1970/71 veröffentlichten *Gesammelten Werken* Ödön von Horváths sowie in einem von Traugott Krischke separat besorgten Band zu *Glaube Liebe Hoffnung* veröffentlicht.

Der hier vorliegende Band präsentiert neben der Endfassung des Stückes ausgewählte Vorarbeiten und Zwischenfassungen, unter ihnen das Fragment einer Fassung von *Glaube Liebe Hoffnung* in zwei Teilen und die sogenannte »Kasimir und Karoline / Glaube Liebe Hoffnung«-Szenerie, die auch Teil der Werkgenese von *Kasimir und Karoline* ist.[1] Abgedruckt sind darüber hinaus sämtliche erhaltenen Typoskripte, die die Zusammenarbeit Horváths mit dem Münchener Journalisten Lukas Kristl dokumentieren[2]. Ergänzt wird dieses Material durch eine Auswahl aus den Notizen, die Horváth zu der dem Stück vorangestellten »Randbemerkung« gemacht hat. Das gesamte genetische Material zur Entstehung des Stückes findet sich in der *Wiener Ausgabe sämtlicher Werke* (WA), Band 5. An das werkgenetische Material schließen mit dem Beitrag Wilhelm Lukas Kristls zum Fall der Klara Gramm sowie den erhaltenen Gerichtsunterlagen weitere Materialien zum Kontext an.

Für die in dem gegenständlichen Band vorgelegte Endfassung von *Glaube Liebe Hoffnung* wurde das typographische Erscheinungsbild von Figurennamen und Regie- bzw. Szenenanweisungen normiert. Offensichtliche Tippfehler des Stammbuches wurden richtiggestellt und uneinheitlich gehandhabte Schreibungen angeglichen: »gar nicht« –

1 Vgl. Horváth 2009b, besonders S. 76–81.

2 Vgl. dazu das Nachwort, hier S. 215.

»garnicht«; »Oh« – »O«; »dergleichen« – »dergl.«; die Setzung von Akzenten (»Horváth« – »Horvath«, »Café« – »Cafe«); die Groß-/Kleinschreibung am Beginn von Regieanweisungen, nach Gedankenstrichen und Doppelpunkten sowie bei Eigennamen (etwa »anatomisches« – »Anatomisches Institut«); sowie die uneinheitliche Gestaltung von Figurenauftritten außerhalb der Anweisungen am Beginn einer Szene. Uneinheitlich gesetzte Punkte nach Szenennummern (»10.«) wurden getilgt. Durch die Mechanik der Schreibmaschine bedingte Schreibweisen wie »Praeparator« wurden zu »Präparator« geändert. Einfache (-) wie doppelte (--) bzw. dreifache (---) Bindestriche wurden beibehalten. Weiter wurden fehlende Absätze vor Szenenanweisungen wie »(Stille)« ergänzt, ebenso das fallweise fehlende Wort »Nummer« in der Szenennummerierung. Die im 5. Bild infolge von Seitenwechseln des Stammbuches überzähligen Angaben »Szene Nummer 4«, »Szene Nummer 14« und »Szene Nummer 16« wurden gestrichen.

Korrigiert wurden die zeitgenössisch fehlerhaften Schreibungen »Rehpintscher« und »malitiös« sowie einige Deklinationsfehler (»mit seinem dickverbundenem Zeigefinger«, 1. Bild; »mit minimalen Vorgarten« und »ahmt ihm nach«, 3. Bild). Korrigiert wurden darüber hinaus die fehlerhaften Stellen »Statt des Tumors endlich zu katalogisieren« in der 6. Szene des 1. Bildes sowie »weil halt die Menschen eine Menschen sind« in der 2. Szene des 4. Bildes. Die (falsche) Schreibung »die Tumors« findet sich indes in allen überlieferten Fassungen der Szene und muss als absichtliche Falschschreibung Horváths angenommen werden.

Ansonsten folgt der Text der originalen Rechtschreibung des Stammbuches genau, die sich insbesondere durch eine konsequente Verwendung von »ss« statt »ß« auszeichnet.

Das abgedruckte genetische Material erscheint in chronologischer Abfolge und wird gegliedert nach Vorarbeiten, Konzeptionen und den Arbeiten zur »Randbemerkung«.

»Vorarbeiten« bezeichnen Arbeitsphasen, die dem eigentlichen Werk vorausgehen und aus denen der Autor im Zuge des Entstehens einzelne Elemente entlehnt oder übernimmt.

Als »Konzeptionen« gelten übergeordnete Gliederungseinheiten im Schreibprozess. Meist handelt es sich hierbei um längere Arbeitsphasen, die sich durch eine prinzipielle Annahme des Autors über die makrostrukturelle Anlage eines Werkes von anderen Phasen deutlich unterscheiden.

Einzelne Vorarbeiten bzw. Konzeptionen sind durch Unterschiede in der Struktur (zwei Teile / sieben Bilder / fünf Bilder) und/oder wichtige Strukturelemente (wie zentrale Motive und Schauplätze oder Figurennamen der Hauptpersonen) voneinander getrennt.

Hinsichtlich des Ausreifungsgrades lassen sich im genetischen Material Entwürfe und Fassungen voneinander unterscheiden. In einem Entwurf legt Horváth die Gesamtstruktur eines Werkes oder eines einzelnen Strukturelements (Bild, Szene, ...) fest. Entwürfe sind fast ohne Ausnahme handschriftlich ausgeführt und bleiben zumeist auf ein einziges Blatt beschränkt. Eine Fassung bezeichnet eine klar abgrenzbare Arbeitseinheit, die intentional vom Anfang bis zum Ende einer isolierten Werkeinheit (Bilderfolge, Bild, Akt, Kapitel, Unterkapitel, ...) reicht und bereits der konkreten Ausformulierung des Textes dient. Fragmentarische Fassungen sind durch Textverluste bzw. vorzeitigen Abbruch der Bearbeitung gekennzeichnet, was in der Transkription gesondert vermerkt wird. Entwürfe werden in diplomatischen Transkriptionen dargestellt, in die die topographischen Verhältnisse des Originals übertragen werden. Sie werden durch einen Faksimileabdruck komplettiert. Fassungen werden linearisiert dargestellt, ferner wird angegeben, ob es sich dabei um eine Transkription des maschinenschriftlichen Textkorpus (Grundschicht) handelt oder ob die handschriftlichen Korrekturen und Zusätze Horváths mitberücksichtigt wurden (Korrekturschicht).

Normiert wird in den Fassungen das typographische Erscheinungsbild der Figurennamen am Beginn einer Replik und der Regie- und Szenenanweisungen, die der Endfassung entsprechend gesetzt werden. Ansonsten wird der Text in der originalen Schreibung und Zeichensetzung Horváths bzw. Kristls wiedergegeben. Offensichtliche Tippfehler wie fehlende Leerzeichen und sinnentstellende offensichtliche Schreibversehen (etwa: »Volan« statt »Volant«, »Feuileton« statt »Feuilleton«; selten fehlende Pronomina oder Hilfsverben) wurden stillschweigend richtiggestellt.

Dank an den Thomas Sessler Verlag (Wien) für die Überlassung der Textrechte an Wilhelm Lukas Kristl.

Anmerkungen

Glaube Liebe Hoffnung

5 *Glaube Liebe Hoffnung:* Die ›göttlichen‹ bzw. ›theologischen Tugenden‹ des (katholischen) Christentums werden auf Paulus' ersten Brief an die Korinther (1 Kor 13,13) zurückgeführt, wo sie in der Form »Glaube, Hoffnung und Liebe« erwähnt wurden. Der Paulus-Brief war für Horváth besonders bedeutsam, er entnimmt aus ihm auch die Motti von *Kasimir und Karoline* (vgl. Horváth 2009b, S. 6) sowie für den dritten Teil des Romans *Der ewige Spießer* (vgl. WA 14, S. 843). In seinem letzten vollendeten Stück, *Pompeji* (1937), tritt sogar Paulus selbst auf (vgl. WA 11, S. 705).

Totentanz: bildlich-allegorische Darstellung von Menschen jedweden Standes und Alters, die mit dem personifizierten, meist als Skelett dargestellten Tod tanzen und so die Vergänglichkeit des Menschen versinnbildlichen. Horváth selbst besaß einen von A. Seitz gestalteten Exlibris-Stempel, der einen Flöte spielenden Tod zeigt (vgl. S. 185).

Mitarbeit von Lukas Kristl: Der Journalist Wilhelm Lukas Kristl (1903–1985) berichtete für die (sozialdemokratische) *Münchener Post* u. a. von Gerichtsverhandlungen. Die Nennung Kristls als Mitarbeiter beruhte auf einer Übereinkunft der beiden, die Horváth seinem Verleger Ullstein mitteilte (vgl. Gronle/Ullstein 1932a).

7,1 *Randbemerkung:* Wie Horváth in der zu seinen Lebzeiten unveröffentlichten *Gebrauchsanweisung* festhält, wollte er sich nicht zu seinen Stücken äußern, fühlte sich aber zunehmend missverstanden (vgl. Horváth 2009b, S. 160). Mit der *Randbemerkung* zu *Glaube Liebe Hoffnung* hoffte er, seine Intention klarer darlegen zu können; dieser Text stellt ein wichtiges Zeugnis für seine Poetik dar. Eine ebenfalls »Randbemerkung« betitelte, wesentlich kürzere Einleitung stellte er bereits 1927 seinem frühen Volksstück *Revolte auf Côte 3018* (später: *Die Bergbahn*, 1927) voran (vgl. WA 1, S. 136 bzw. 378).

7,3 *Februar 1932:* Horváth und Kristl trafen sich auf einer Faschingsfeier bei gemeinsamen Freunden. Aufgrund dieser Angabe lässt sich die Entstehungsgeschichte des Stückes gut eingrenzen (vgl. aber die be-

Exlibris Ödön von Horváths, A. Seitz 1922, Literaturarchiv der Österreichischen Nationalbibliothek, ÖLA 84/S57

reits Ende 1931 entstandene »*Kasimir und Karoline / Glaube Liebe Hoffnung*-Szenerie«, hier S. 64).

7,9 *Kapitalverbrechen:* ein »schweres« Vergehen (meist: Mord, Totschlag etc.), von lat. caput (Kopf, Haupt), also: ein Verbrechen, das einem »den Kopf kosten« konnte, also mit dem Tode bestraft wurde.

7,15 f. *Zuchthauses mit Verlust der bürgerlichen Ehrenrechte:* Bis in die Mitte des 20. Jahrhunderts bestand die Unterscheidung bei Strafen zwischen Gefängnis und Zuchthaus. Letzteres war eine verschärfte Form des Gefängnisses, die mit Arbeitspflicht einherging und weitere Folgen für das Leben nach der Haft hatte; etwa durfte der Verurteilte auch später keine öffentlichen Ämter bekleiden und war vom Dienst beim Militär ausgeschlossen (»Verlust der bürgerlichen Ehrenrechte«).

7,17 *Fall aus seiner Praxis:* Gemeint ist der Fall der reisenden Korsetthändlerin Klara Gramm (1900–1979), den Kristl in seinem Artikel »Vor Gericht ist das Betrug« thematisierte, der am 13./14. Juli 1929 in der *Münchener Post* erschien (vgl. hier S. 173 f.).

7,19 *Schupo:* uniformierter Polizist der Schutzpolizei (anders die »Kriminaler«, vgl. Anm. zu 10,15), die die öffentliche Sicherheit und Ordnung aufrechterhalten soll.

7,20 *Frau Amtsgerichtsrat:* Amtsgericht: die niedrigste Stufe der Gerichtsbarkeit in Deutschland. Die Benennung der Figur folgt der in Süddeutschland und Österreich teils heute noch gängigen Praxis, die Ehefrau eines Würdenträgers mit dessen Titel anzusprechen (»Frau Professor«).

7,25 *kleiner Paragraphen:* Gemeint sind die Paragraphen des Strafgesetzbuchs zu »alltäglichen«, wenig sensationellen Vergehen wie etwa Betrug oder Diebstahl.

8,8 f. *mich … befleissigt:* mich darum bemüht.

8,10 f. *auf bestialischen Trieben basiert:* Horváth entwickelt seine Poetik mit Blick auf die in der Psychoanalyse von Sigmund Freud (1856–1939) besonders wichtigen Triebe. In der *Gebrauchsanweisung* hält er fest: »Im Theater findet also der Besucher zugleich das Ventil wie auch Befriedigung (durch das Erlebnis) seiner asozialen Triebe.« (Horváth 2009b, S. 162) Wesentliche Aufgabe des Theaters sei es, diesen Drang durch Miterleben bzw. Mitmachen zu mindern.

8,18 *Gefühlsäusserungen verkitscht:* Als Kitsch werden Gegenstände bezeichnet, die einen höheren Wert vorgeben als sie tatsächlich besitzen; meist handelt es sich um Individualität vorgebende, stereotype sowie industriell hergestellte Massenware. Verkitschte Gefühlsäußerungen sind damit »unechte«, nicht aus dem Individuum selbst stammende, sondern kopierte bzw. zitierte Gefühle.

8,24 *Juxspiegelbilder:* verzerrte Spiegelbilder, wie es sie etwa in Spiegelkabinetten auf dem Jahrmarkt gibt.

8,25 *lehne alles Parodistische ab:* Vgl. dazu die *Gebrauchsanweisung*, Horváth 2009b, S. 164: »In meinen sämtlichen Stücken ist keine einzige parodistische Stelle! Sie sehen ja auch oft im Leben jemand, der als seine eigene Parodie herumlauft -- so ja, anders nicht!«

8,27–31 *gegen Dummheit und Lüge ... Erkenne Dich bitte selbst:* Der Kampf gegen Dummheit und Lüge sowie das Eintreten für Selbsterkenntnis sind beständige Themen in Horváths Werk. Vgl. das bekannte Motto aus *Geschichten aus dem Wiener Wald* (»Nichts gibt so sehr das Gefühl der Unendlichkeit als wie die Dummheit«, Horváth 2009a, S. 6). Im unvollendeten Romanprojekt *Himmelwärts*, an dem er 1932/33 arbeitete, notiert er: »Nach wie vor gilt aber dem Verfasser als höchster Spruch: gegen Lüge und Dummheit. Werdet aufrichtig, erkennt Euch selbst! Nehmt Euch nicht zu ernst, es steht Euch weder an noch gut.« (WA 13, S. 335).

8,31 *Erkenne Dich bitte selbst!:* altgriech. »Gnothi seauton«, berühmte Inschrift über dem Orakel von Delphi.

9,7 *Motto:* Wahl- bzw. Leitspruch am Beginn eines Werkes, wie sie Horváth gerne an den Beginn sowohl seiner Dramen als auch der Romane stellte, vgl. etwa *Geschichten aus dem Wiener Wald* (Horváth 2009a, S. 6), *Kasimir und Karoline* (Horváth 2009b, S. 6) und *Der ewige Spießer* (vgl. WA 14, S. 779 u. ö.).

9,15 *Mos. I. 8,21:* Erstes Buch Mose (Genesis), Kapitel 8, Vers 21. Die hier zitierte Stelle umfasst auch den folgenden Vers 22. Sie findet sich am Schluss der biblischen Erzählung über die Sintflut und beschreibt den neuen Pakt Gottes mit der Menschheit. Das Zitat dürfte der zeitgenössischen Fassung der Lutherbibel entnommen sein, stimmt aber nicht völlig mit dem Text dort überein: »21. Und der HERR roch den lieblichen Geruch und sprach in seinem Herzen: Ich will hinfort nicht mehr die Erde verfluchen um der Menschen willen; denn das Dichten des menschlichen Herzens ist böse von Jugend auf. Und ich will hinfort nicht mehr schlagen alles, was da lebt, wie ich getan habe. 22. Solange die Erde steht, soll nicht aufhören Saat und Ernte, Frost und Hitze, Sommer und Winter, Tag und Nacht.«

10,1 *Personen:* Horváth macht hier einen bewussten Unterschied im Schriftbild: Figuren, die über einen Eigennamen verfügen, erscheinen in Blockbuchstaben, nur nach ihrer Funktion bezeichnete indes nicht; vgl. vor diesem Hintergrund insbesondere die Benennung des Schupo / Alfons Klostermeyer.

10,4 *Oberpräparator:* Ein (medizinischer) Präparator stellt Demonstrationsprojekte aus (verstorbenen) Lebewesen für den Bedarf in Forschung und Lehre her und betreut die Leichen, die an anatomischen Instituten (vgl. Anm. zu 11,3) verwahrt werden.

10,7 *Trauerflor:* schwarzes Band, das als Zeichen der Trauer an Ärmel, Hut oder Revers getragen wird.

10,11 *Invalider:* (lat.) Person, die infolge eines Unfalls, durch Krankheit oder (kriegsbedingte) Verwundung arbeitsunfähig geworden ist.

10,15 *Kriminaler:* Kurzbezeichnung für einen Polizisten der Kriminalpolizei, die für die Verfolgung bestimmter Formen der Kriminalität abgestellt ist und im Auftrag der Staatsanwaltschaft ermittelt. Anders als die Schutzpolizei (vgl. Anm. zu 7,19) versehen sie ihren Dienst in Zivilkleidern.

11,3 *Anatomischen Institut:* Einrichtung, die sich der Herstellung und Untersuchung von Präparaten für die medizinische Forschung widmet und in der Leichen für längere Zeit, etwa für eine Obduktion zu Lehr- oder Gerichtszwecken, aufbewahrt und konserviert werden können.

11,3 f. *Milchglasfenstern:* getönte Scheiben, getrübt, aber lichtdurchlässig, opakes Weißglas, das nur noch grobverzerrte Umrisse der sich hinter den Scheiben bewegenden Figuren sichtbar werden lässt.

11,7 *intoniert:* beginnt zu spielen, stimmt an.

11,7 f. *Trauermarsch von Chopin:* dritter Satz (»Marche funèbre«) der Klaviersonate Nr. 2 in b-Moll (op. 35) von Frédéric Chopin (1810–1849) von 1839; für Orchester oder Blaskapelle bearbeitet, wird er häufig bei Beerdigungen gespielt, vgl. auch *Geschichten aus dem Wiener Wald* (vgl. Horváth 2009a, S. 13).

11,20 *(Stille.)*: zentrale Szenenanweisung in Horváths Stücken; in der *Gebrauchsanweisung* hält er fest: »Bitte achten Sie genau auf die Pausen im Dialog, die ich mit ›Stille‹ bezeichne – hier kämpft sich das Bewustsein oder Unterbewustsein [sic!] miteinander, und das muss sichtbar werden.« (Horváth 2009b, S. 165)

11,26 *legere:* leger (frz.): locker, lässig.

12,5 *fixiert:* angestarrt.

12,12 *einen angehörigen Toten:* einen Toten, der jemandes Angehöriger ist.

12,15 *hernach:* jetzt plötzlich.

12,21 *dass man hier seinen Körper verkaufen kann:* Meint eigentlich, den Körper nach dem Tode der medizinischen Forschung zu überlassen, lässt sich aber auch leicht als Anspielung auf Prostitution verstehen.

13,24 *Wir alle sind in Gottes Hand:* Redewendung, die bezeichnet, dass etwas vom Menschen nicht beeinflussbar ist.

13,25 *vor Verdun und an der Somme:* Das nordostfranzösische Verdun war vom 21. Februar bis 19. Dezember 1916 Ort einer besonders grausamen Schlacht zwischen dem Deutschen Reich und den Truppen Frankreichs und Großbritanniens im Ersten Weltkrieg; vom Fluss Somme aus wurde am 1. Juli 1916 eine Entlastungsoffensive französischer und britischer Truppen gestartet. »Verdun« wurde zum Symbol für die Sinnlosigkeit des extrem verlustreichen Stellungskrieges im Ersten Weltkrieg.

13,29 *Lechbruck und Steingaden:* Lechbruck am See: Gemeinde im schwäbischen Landkreis Ostallgäu; Steingaden: Gemeinde im oberbayerischen Landkreis Weilheim-Schongau; die beiden Gemeinden grenzen direkt aneinander.

13,30 *Leichnam freigegeben:* Der Leichnam wurde nach einer Obduktion zur Bestimmung der Todesursache zur Beerdigung freigegeben.

14,6 *halberte:* österr. umgangssprachlich für halbiert bzw. halb.

14,7 *Kreuzkruzifix:* Ein Kruzifix ist die Darstellung des ans Kreuz genagelten Christus, im süddt.-österr. Raum wird der Begriff K. als Fluch verwendet.

14,15 *dementiert:* öffentlich als unwahr bezeichnet.

14,18 *Corpus:* (lat.) Körper, hier als medizinischer Fachbegriff, als Ausweis von Kennerschaft.

15,1 *Brünn:* deutscher Name der südmährischen Stadt Brno; bis 1945 wies die Stadt einen hohen Anteil an deutschsprachiger Bevölkerung auf (vgl. Anm. zu 15,8).

15,7 *Kapazitäten:* hervorragende Fachleute, Experten; hier ironisch verwendet.

15,8 *Sudetendeutsche:* Bezeichnung für die deutschsprachige Bevölkerung in Böhmen und Mähren innerhalb Österreich-Ungarns, die nach 1918 Staatsbürger der Tschechoslowakischen Republik (CSR) wurden und dort eine bedeutende Minderheit bildeten.

15,12 *Habe die Ehre:* (süddt.-österr.) Grußformel, in Österreich heute noch gebräuchlich.

16,3 *hundertfünfzig Mark:* eigtl. Reichsmark, Zahlungsmittel des Deutschen Reiches ab 1924. 150 Reichsmark entsprachen in etwa dem durchschnittlichen Monatsgehalt eines Arbeiters im Jahr 1932 und haben einen ungefähren heutigen Wert von 600 € (Daten gem. Statistischem Bundesamt / Wiss. Dienst des Dt. Bundestages); in *Kasimir und Karoline* gibt die Angestellte Karoline an, im Monat nur 55 Reichsmark zu verdienen (Horváth 2009b, S. 55); Anna Pollinger im 1930 erschienenen Roman *Der ewige Spießer* wiederum verdient monatlich 110 Reichsmark (WA 14, S. 790).

16,10 *Inspektor:* inspector (lat.): »Untersucher«, jemand, der beruflich etwas überprüft; der Präparator nimmt an, Elisabeth spreche von einem beamteten und damit krisensicher angestellten Zollinspektor, während ihr Vater tatsächlich nur für eine (private) Versicherung arbeitet.

16,13 f. *das Zeitliche gesegnet hat:* Euphemismus für: verstarb.

16,18 *Wandergewerbeschein:* für einen reisenden Verkäufer notwendiges amtliches Dokument.

16,26 *Korsett:* Unterkleid, das durch versteifende Einlagen bzw. Einschnürungen den Körper in eine »ästhetischere« Form bringen soll.
En gros: urspr. frz.: im Großen, in großen Mengen (Gegensatz: »en détail«).

16,30 *Wo bist Du, goldene Zeit:* Anspielung auf vergangene bessere Zeiten; möglicherweise als Zitat aus dem Studentenlied *O alte Burschenherrlichkeit* (um 1825) entnommen: »O alte Burschenherrlichkeit / Wohin bist du entschwunden / Nie kehrst du wieder, goldne Zeit / So froh, so ungebunden!«

17,2 *Rehpinscher:* Variante des Pinschers, einer mittelgroßen Zuchthunderasse, meist hektische Tiere.

17,14 *Kaiserin Elisabeth von Österreich:* auch »Sisi« genannt; 1837 als Tochter des Herzogs Maximilian von Bayern geboren, heiratete sie 1854 den österreichischen Kaiser Franz Joseph I. (1830–1916). 1898 wurde sie in Genf vom italienischen Anarchisten Luigi Luccheni (1873–1910) ermordet.

17,16 *ruchlosen:* gewählt für skrupellos, gemein.

Genf: Stadt in der französischsprachigen Schweiz und Hauptort des gleichnamigen Kantons.

17,17 *Völkerbund:* 1920 gegründete zwischenstaatliche Organisation zur Sicherung des Weltfriedens mit Sitz in Genf; ging 1946 in den ein Jahr davor gegründeten Vereinten Nationen (UNO) auf.

17,18 *Kanari:* österr. für Kanarienvogel.

17,30 *retirieren:* (veraltet) sich zurückziehen.

18,9 *die Tumors:* in allen Fassungen der Szene konsequent verwendete Falschschreibung des Plurals (korrekt wäre »der Tumor« bzw. »die Tumore«, der med. Ausdruck für eine gut- oder bösartige Geschwulst).

katalogisieren: nach bestimmten Regeln verzeichnen (in einen Katalog eintragen).

18,13 *Zollinspektor:* vgl. Anm. zu 16,10.

18,28 *Patron:* (lat.) Schutzherr, Stifter, hier ugs. abwertend Kerl, Bursche.

19,3 *Infiziert:* hier Erkrankung durch ein umgangssprachlich als »Leichengift« bezeichnetes Bakterium wie Botulin oder Tetanus, die häufig in Leichen vorkommen: als Infektion lebensbedrohlich.

20,3 *Kontor:* Büro, meist eines Kaufmanns.

20,6 *hat sie es recht wichtig:* bayr.-österr.: hält sie sich für sehr wichtig.

20,7 f. *Wachspuppen mit Korsett:* Mode- bzw. Schaufensterpuppen.

20,16 *einen Korb geben:* (ugs.) jemandem etwas abschlagen.

20,26 f. *abgebaut:* entlassen, »freigestellt«.

20,27 f. *Landgerichtsdirektoren und Ministerialräte:* Amtstitel für gehobene Richter bzw. Ministeriumsbeamte.

20,30 *quitt:* fertig, hier im Sinne von: alles ist finanziell geregelt.

21,4 *Pensum:* Arbeit, Aufgabe, die in einer bestimmten Zeit zu erledigen ist, hier: Zahl der in einem bestimmten Zeitraum verkauften Waren.

21,5 *Bestellbuch:* Buch, in dem Geschäftsreisende die Bestellungen der Kunden festhalten.

21,7 *radikal nichts:* ganz und gar nichts.

21,10 *Gemeinplätze:* nachgebildet nach lat. locus communis: abwertend für abgegriffene Redensarten.

21,12 f. *Gymnastik ... nackerte Weiber:* Zu Beginn des 20. Jahrhunderts bildete sich eine rege Körperkultur heraus, die sich unter anderem in einer Begeisterung für Gymnastik, aber auch für Freikörperkultur und Nacktheit allgemein äußerte. Vgl. dazu auch die zwielichtige Rolle der »rhythmischen Gymnastik« in *Geschichten aus dem Wiener Wald* (Horváth 2009a).

21,14 f. *Herren der Schöpfung:* ironisch für: Männer.

21,17 *Kaufbeuren:* kreisfreie Stadt im bayerischen Regierungsbezirk Schwaben, an der Grenze zum Allgäu.

21,19 *Wieso hernach nichts:* hernach: jetzt plötzlich.

21,32 *höhere Gewalt:* redensartlich für etwas, auf das man keinen Einfluss hat.

22,1 *Angestellten:* Die meist in Büros und im Verkauf beschäftigten Angestellten stellten zu Beginn des 20. Jahrhunderts noch ein relativ neues soziales Phänomen dar. Ebenso unselbständig beschäftigt wie Arbeiter, verstanden sich diese jedoch als Angehörige des sog. »Mittelstandes« und als sozial höherwertig. Der Journalist und Soziologe Siegfried Kracauer (1889–1966) widmete ihnen die berühmte, 1930 erschienene Studie *Die Angestellten.*

22,3 *Blutvergiftung:* bakterielle Infektion; vermutlich just die Krankheit, an der der Oberpräparator stirbt (vgl. Anm. zu 19,3).

Trambahn: von engl. tramway, süddt.-österr. für Straßenbahn.

22,4 *einen Haxen brechen:* österr.: ein Bein brechen.

22,8 *geschmerzt:* verletzt, bedrückt.

22,19 *Versicherungsinspektor:* vgl. Anm. zu 16,10.

23,1 *chevaleresk:* (aus frz. chevaleresque) wie ein Kavalier, ritterlich.

23,23 *Bitte ich mir aus:* österr. für »Darauf will ich bestehen«, »Das muss meiner Meinung nach sein«.

23,25 *Ich bin so frei:* österr. für: »Gerne«, »Da tue ich mir keinen Zwang an«.

23,30 *Tibet:* bis 1951 unabhängiges Königreich in Asien, heute Autonomieregion in China; Tibet und die mit dem Land eng verbundene Religion des Buddhismus waren in der Weimarer Republik beliebte exotische Themen.

24,6 *Usus:* (neulat.) Brauch, Sitte.

24,12 *Betrug:* §263 des zu diesem Zeitpunkt gültigen Deutschen Strafgesetzbuchs von 1876 lautet: »Wer in der Absicht, sich oder einem Dritten einen rechtswidrigen Vermögensvortheil zu verschaffen, das Vermögen eines Anderen dadurch beschädigt, daß er durch Vorspiegelung falscher oder durch Entstellung oder Unterdrückung wahrer Thatsachen einen Irrthum erregt oder unterhält, wird wegen Betruges mit Gefängniß bestraft, neben welchem auf Geldstrafe bis zu dreitausend Mark, sowie auf Verlust der bürgerlichen Ehrenrechte erkannt werden kann.«

24,33 *Pfennig:* kleinste Währungseinheit in Deutschland zu dieser Zeit, 100 Pfennig = 1 Reichsmark.

25,23 *Gediegen:* sorgfältig gearbeitet, gut, solide, hier: ironisch-abwertend.

25,28 *Aber was:* Aber nein!

Gefängnis: Vgl. Anm. zu 7,15 f.

26,1 *Gedanken sind zollfrei:* von Luther popularisiertes lat. Sprichwort der römischen Kaiserzeit; es bedeutet, dass bloße Gedanken nicht bestraft werden können. Vgl. das Volkslied: »Die Gedanken sind frei! / Wer kann sie erraten? / Sie fliegen vorbei / Wie nächtliche Schatten. / Kein Mensch kann sie wissen, / Kein Jäger erschießen, / Es bleibet dabei: / die Gedanken sind frei. // Ich denke, was ich will / Und was mich beglücket, / Doch alles in der Still' / Und wie es sich schicket. / Mein Wunsch und Begehren / Kann niemand verwehren, / Es bleibet dabei: / Die Gedanken sind frei. // […]« (hier nach: Deutsche Volkslieder. Stuttgart 2001, S. 176 f.)

26,6 *Sie gehen natürlich fristlos:* Irene Prantl spricht hier eine fristlose Kündigung Elisabeths aus, wie sie bei schweren Verfehlungen des Arbeitnehmers möglich ist; das Dienstverhältnis wird sofort, also ohne Kündigungsfrist, beendet.

26,14 *hinaufgehaut:* ugs. aufgedrückt, auferlegt.

27,3 *Wohlfahrtsamt:* Behörde der öffentlichen Fürsorge, die sich neben der Gesundheitsvorsorge und der Jugendwohlfahrt auch der materiellen Unterstützung der Armen bzw. von Erwerbslosen ohne weiteren Anspruch auf Arbeitslosenhilfe widmete. Prinzipiell eine wesentliche sozialpolitische Errungenschaft der Weimarer Republik, waren die öffentlichen Wohlfahrtseinrichtungen nach der Weltwirtschaftskrise 1929 dem Ansturm breiter, rapide verarmter Bevölkerungsschichten kaum gewachsen.

27,15 *Invalidenversicherung:* Versicherung zum Schutz gegen Schäden aus beruflicher Invalidität (vgl. Anm. zu 10,11).

27,17 *Berufsgenossenschaft:* Träger der seit dem 1. Oktober 1885 in Deutschland bestehenden gesetzlichen Unfallversicherung, bei der die Arbeitnehmer gegen Arbeitsunfälle und Berufskrankheiten versichert sind.

27,22 *promenieren:* gehobener frz. Ausdruck für spazieren gehen, hier ironisch für: sich bewegen.

27,23 *Spruchausschuss:* Gremium zur Klärung strittiger Fälle im Rahmen der deutschen Sozialgerichtsbarkeit.

27,25 f. *von sechzig auf vierzig Prozent heruntergesetzt:* Grad der Invalidität bzw. Arbeitsunfähigkeit.

28,6 *Herr General:* allgemein höchster militärischer Grad, hier ironisch verwendet.

28,7 *Unser täglich Brot gib uns heute:* Wendung aus dem christlichen Gebet »Vater unser« aus der Bergpredigt (Matthäus 6, 9–13).

28,19 *damische Gretl:* (bayr.-österr., dialektal) verrückte junge Frau.

28,26 *Ist ja wurscht:* (bayr.-österr.) Ist ja egal.

28,28 *Dummheit und Stolz wachsen auf einem Holz:* Redensart, weist auf den auch für Horváth wichtigen Zusammenhang von Dummheit und Eitelkeit hin (vgl. Anm. zu 8,27–31).

29,4 *Nicht alles ist Gold, was glänzt:* Redensart; der Schein trügt.

29,11 *Massengrab:* hier in der alten Bedeutung: anonymes Sammelgrab.

30,2 f. *rentieren:* lohnen.

30,15 *Allüren:* (frz.) auffallendes Benehmen, Gehabe (vgl. »Starallüren«). *wie ein Weltmann:* wie ein Mann von Welt.

31,7 f. *da sitzt schon einer drin, der uns ein Schinkenbrot kauft:* Dafür wird von den Männern durchaus auch eine »Gegenleistung« erwartet (vgl. etwa S. 102); es handelt sich bei diesem Vorschlag um eine Form der Alltagsprostitution.

31,14 *Da staunt der Fachmann und der Laie wundert sich:* eigtl. in umgekehrter Reihenfolge: »Da staunt der Laie und der Fachmann wundert sich«; zeitgenössisch populäre Redensart, drückt allgemeines Erstaunen aus.

31,17 *ramponiert:* beschädigt, unordentlich.

31,20 *Madonna:* Bezeichnung für die christliche Gottesmutter Maria; hier ironisch.

31,25 *maliziös:* boshaft, hämisch.

32,5 *parterre:* (frz.) eigentlich im Parterre, also im Erdgeschoss wohnend, hier im Sinne von: am Boden bzw. am Boden zerstört, bankrott, erledigt.

32,11 *Stiftzähne:* mit einem Stift in der Zahnwurzel befestigter künstlicher Zahn.

33,2 *verschuftet:* österr. für: ähnlich behandelt wie ein Schuft, hintergangen, betrogen, hier: verpfiffen, verraten, an die Polizei verraten.

33,9 *Schliesszange:* Handschellen.

34,9 *Eisenbahnattentäter:* vermutlich Anspielung auf Szilveszter Matuska (1892–1945[?]), der aus bis heute ungeklärten Motiven 1930/31 in Deutschland, Österreich und Ungarn mehrere Anschläge auf Eisenbahnen mit insgesamt 22 Toten und Dutzenden Verletzten verübte.

34,21 f. *Staatsbeamter in gesicherter Position:* Beamte waren nicht kündbar und hatten gesicherten Pensionsanspruch, eine in wirtschaftlich unsicheren Zeiten höchst begehrte Position.

35,1 f. *geht mir direkt etwas ab:* fehlt mir direkt etwas.

35,13 *latente Bürgerkrieg:* schwelende, untergründige, drohende Bürgerkrieg; vor der Reichstagswahl vom 31. Juli 1932 (vgl. Anm. zu 41,10) kam es im Deutschen Reich aufgrund von Zusammenstößen verfeindeter politischer Kräfte (v. a. der KPD und der NSDAP) zu bürgerkriegsähnlichen Zuständen mit Dutzenden Toten.

35,22 *Regierungsrat:* in Deutschland Amtsbezeichnung für einen höheren Verwaltungsbeamten.

35,29 *Sanitätsrat:* in Deutschland bis 1918 verliehener Amtstitel für Ärzte.

36,9 *zuguterletzt:* am Ende.

36,16 *Tarock:* in ganz Mitteleuropa verbreitetes Kartenspiel in einer Vielzahl von Varianten.

36,18 f. *Mickymaus:* Mickey Mouse, von Walt Disney (1901–1966) erdachte Zeichentrickfigur, die 1928 erstmals gezeigt wurde; besonders bekannt war ihr Auftritt im Animationskurzfilm *Steamboat Willie* (1928). Zeichentrickfilme mit Mickey Mouse waren auch bald darauf in Deutschland zu sehen und wurden ein großer Erfolg.

37,4 *Bewährungsfrist:* Aussetzung der Strafe zur Bewährung, d. h. der Verurteilte muss die Strafe erst dann antreten, wenn er sich innerhalb einer bestimmten Frist eines neuen Vergehens schuldig macht und deshalb erneut verurteilt wird.

37,26 *in spe:* (lat.) in der Hoffnung; auf einen zukünftigen Umstand (z. B. Eheschließung) bezogen.

38,17 *Staatsgewaltsorgan:* als Organ der Staatsgewalt oder Staatsmacht, hier: der ausführenden Gewalt bzw. der Exekutive.

40,3 *möbliertes Zimmer:* Zimmer, das inklusive der Möbel vermietet wird.

40,6 *Herbstastern:* Weiße Astern sind beliebte Friedhofsblumen; vielleicht auch Anspielung auf das morbide Gedicht *Kleine Aster* (1912) von Gottfried Benn (1886–1956): »Ein ersoffener Bierfahrer wurde auf den Tisch gestemmt. / Irgendeiner hatte ihm eine dunkelhellila Aster / zwischen die Zähne geklemmt. / Als ich von der Brust aus / unter der Haut / mit einem langen Messer / Zunge und Gaumen herausschnitt, / muß ich sie angestoßen haben, denn sie glitt / in das nebenliegende Gehirn. / Ich packte sie ihm in die Brusthöhle / zwischen die Holzwolle, / als man zunähte. / Trinke dich satt in deiner Vase! / Ruhe sanft, / kleine Aster!« (hier nach: Benn: Gedichte. Stuttgart 2006, S. 7.)

40,6 f. *Spirituskocher:* einfaches, tragbares Kochgerät, das mit Spiritus (vergällter Alkohol) befeuert wird.

40,17 *schneidiger:* junger, männlicher, verwegener.

40,18 *leichtlebiger Falter:* Schmetterling, hier: naiv, unvorsichtig.

40,25 *Nachtkastl:* (süddt.-österr.) Nachtkästchen, Nachtschrank.

40,26 *Radetzkymarsch:* populärer, zu Ehren von Feldmarschall Josef Wenzel Graf Radetzky von Radetz (1766–1858) komponierter Marsch (op. 228), von Johann Strauss (Vater; 1804–1849). Beliebtes musikalisches Sujet Horváths in seinen Volksstücken (*Geschichten aus dem Wiener Wald*, vgl. Horváth 2009a, S. 69, und *Kasimir und Karoline*, vgl. Horváth 2009b, S. 39).

40,29 *Aida:* populäre Oper in vier Akten (1871) von Giuseppe Verdi

(1813–1901) über die titelgebende äthiopische Königstochter, die nach Ägypten verschleppt wurde. Der Heerführer Radames verliebt sich in sie, fällt in Ungnade und stirbt mit ihr am Ende eingemauert.

41,10 *blöden Wahlen:* Unmittelbar ist hier auf die Reichstagswahl vom 31. Juli 1932 angespielt, allgemein waren die letzten Jahre der Weimarer Republik von starker politischer Instabilität, regelmäßigen Regierungsumbildungen und außertourlichen Neuwahlen geprägt (vgl. Anm. zu 35,13).

42,15 *Ich hab nämlich immer achtgegeben:* es nicht zur Schwangerschaft kommen lassen, d. h. vor der Ejakulation den Geschlechtsverkehr unterbrochen (wenig Erfolg versprechende Verhütungsmethode).

42,23 *Kriminalpolizei:* vgl. Anm. zu 10,15.

42,25 *Ausgerechnet Bananen:* deutscher Titel des Shimmys *Yes! We Have No Bananas* (1922); 1923 von Fritz Löhner (1883–1942) ins Deutsche übersetzt, hier äußerst populär. Als Redewendung ein Ausruf des Unmuts bzw. der Enttäuschung.

43,6 *Sittenpolizei:* ugs. für das Sittendezernat, eine Abteilung der Kriminalpolizei (vgl. Anm. zu 10,15), die sich v. a. mit Sexualdelikten befasst.

43,8 *Geduld bringt Rosen:* Redensart; Geduld führt zu Erfolg.

43,17 *Sockenhalter:* Gummiband mit Klemmen zur Fixierung von Socken am Unterschenkel, früher üblich, heute kaum noch gebräuchlich.

43,22 f. *Unterkommensauftrag:* vgl. Anm. zu 44,1 f.

44,1 f. *Polizeiwidrig ist nicht, wer kein Unterkommen hat:* Aufgrund ihrer Gefängnisstrafe stand Elisabeth gem. Strafgesetzbuch unter »Polizei-Aufsicht« und war deshalb von §361, Z.8 betroffen; mit Haft wurde bestraft, »wer nach Verlust seines bisherigen Unterkommens [also seiner Unterkunft bzw. Wohnung] binnen der ihm von der zuständigen Behörde bestimmten Frist sich kein anderweitiges Unterkommen verschafft hat«.

44,22 *mehrere Bräutigams beteiligt:* Der Oberinspektor verdächtigt Elisabeth der Prostitution; Prostitution war in der Weimarer Republik nicht per se verboten, sie war aber meldepflichtig. Dies galt insbesondere für Frauen unter Polizei-Aufsicht (vgl. Anm. zu 44,1 f.).

44,25 *indiskret:* taktlos, ohne Zurückhaltung.

47,10 *schlägt die Hacken zusammen:* hörbares Aufeinanderschlagen der Absätze, militärischer Gruß.

49,3 *Polizeirevier:* für einen Bezirk zuständige Polizeidienststelle.

49,5 *Schach:* Brettspiel für zwei Personen mit je 16 weißen bzw. schwarzen Figuren mit je eigener Art der Bewegung auf einem acht mal acht Felder großen Brett; Ziel ist es, den gegnerischen König matt bzw. bewegungsunfähig zu setzen.

49,12 *Vielleicht Amerika. Dort ist es jetzt Tag:* In den Nachtstunden herrschte in den ersten Jahrzehnten der fernübertragenen Medien meist Sendeschluss, es wurde kein Programm gesendet; in Amerika (v. a. den USA) war aufgrund der Zeitverschiebung noch Tagprogramm, das über Langwelle empfangen werden konnte.

49,18 *Dunkel wars, der Mond schien helle:* erste Verszeilen eines von Widersprüchen und Paradoxien geprägten Nonsensgedichts eines unbekannten Verfassers: »Dunkel war's, der Mond schien helle, / Schnee lag auf der grünen Flur, / Als ein Wagen blitzesschnelle / Langsam um die Ecke fuhr. / Drinnen saßen stehend Leute, / Schweigend ins Gespräch vertieft, / Als ein totgeschoss'ner Hase / Auf der Sandbank Schlittschuh lief. / Drinnen saß ein holder Jüngling / Schwarzgelockt mit blondem Haar, / Neben ihm 'ne alte Schachtel / Zählte kaum ein halbes Jahr, / In der Hand 'nen Butterwecke, / Der mit Schmalz bestrichen war« (hier nach: Deutsche Unsinnspoesie. Hrsg. von Klaus Peter Dencker. Stuttgart 2018, S. 197.)

49,19 *g sieben c drei. Schach:* Bewegungsangabe auf dem Schachbrett (vgl. Anm. zu 49,5), die das Anfangs- wie Zielfeld nach einem Raster 1–8 und a–g für die acht Längs- und acht Querreihen angibt; aufgrund der diagonalen Bewegung entweder ein Läufer oder die Dame. »Schach« bedeutet, dass der gegnerische König bedroht wird.

49,25 *Matt:* Ziel und Ende des Schachspiels (vgl. Anm. zu 49,5).

49,28 *D fünf d sieben! H zwei g vier:* vgl. Anm. zu 49,19; die erste Angabe gilt für einen Turm oder eine Dame; die zweite ist nur mit einem Springer möglich.

50,15 f. *der Lackierte:* (süddt.-österr.) der Betrogene, Hintergangene.

50,17 *Undank ist der Welt Lohn:* Sprichwort; mit Dankbarkeit ist nie zu rechnen.

51,10 *Oder vielleicht:* Satzellipse im Sinne von »Oder etwa nicht?«

51,15 f. *der Mensch denkt … Gott lenkt:* aus den biblischen Sprüchen Salomos (Sprüche 16,9) entwickelte Redensart: Trotz aller Pläne bestimmt eine höhere Macht unser Leben; vgl. dazu die Anm. zu 9,15.

51,31 *Voriges Monat:* im vorigen Monat (österr. auch das Monat).
avanciert: (frz.) beruflich befördert.

52,14 *Smoking:* »kleiner« Gesellschaftsanzug für den Herrn, ausschließlich schwarz; gehobener als der im Alltag getragene Anzug, aber geringer als der Frack.

52,23 *künstliche Atmung:* lebensrettende Maßnahme, künstliche Beatmung.

54,14 *Dromedar:* einhöckeriges Kamel.

55,6 *Auge um Auge, Zahn um Zahn:* Redewendung, aus dem Alten Testament (z. B. 3 Mose 24,19 f.); erlittener Schaden darf nur durch einen gleich(wertig)en Schaden vergolten werden (also nicht etwa durch ausufernde Blutrache usw.).

55,7 *fesch:* (österr.) flott, schick; hier: schneidig.

55,12 *Schafott:* erhöhte Stelle bzw. Gerüst für Hinrichtungen; ab dem 19. Jh. war mit S. fast ausschließlich die Guillotine gemeint.

55,14 f. *und wenn ihr mal recht blöd seid, dann denkts an mich:* Ausspruch, den Horváth vermutlich von seinem Wiener Onkel Josef (»Pepi«) Prehnal übernommen hatte, auch in dem Kurzprosatext *Pepis Album* (1929) und im Roman *Herr Reithofer wird selbstlos* (»Sechsunddreißig Stunden«) (1928/29) verwendet (vgl. WA 13, S. 604 f.).

56,13 *Grün, grau, silber:* Farben der Uniform der bayerischen Polizei.

57,5 *mit die Toten:* österr.-ugs. Akkusativ statt Dativ, für »mit den Toten«.

58,1 *halluziniert:* Wahnvorstellungen bzw. Sinnestäuschungen erleiden.

58,14 *die Karrier:* die Karriere.

58,23 *Residenz:* meint allgemein den Sitz eines Staatsoberhauptes oder Fürsten; hier ist die Residenz der Wittelsbacher in München gemeint, die nach dem Ende der Monarchie 1918 zu einem Museum umgewandelt wurde.

59,18 *Schutzhaft:* ungenauer Begriff, der hier eher Schutzgewahrsam meint, also die polizeiliche Festsetzung einer Person, wenn der begründete Verdacht auf Gefahr für deren Leib und Leben besteht; hier wegen eines vermuteten weiteren Suizidversuches.

60,2 *Auslassen:* österr.-süddt. für »loslassen«.

60,13 *Marsch »Alte Kameraden«*: 1889 komponierter populärer Militärmarsch des deutschen Militärmusikers Carl Teike (1864–1922).

60,17 f. *Höchste Eisenbahn*: höchste Zeit; auf Adolf Glaßbrenner (1810–1876) zurückgehende scherzhafte Redensart.

62,6–9 *Ich lebe, ich weiss nicht wie lang ... fröhlich bin*: bringt zum Ausdruck, dass eigentlich gar kein Grund für Fröhlichkeit besteht; spätmittelalterlicher, auf Martinus von Biberach (gest. 1498) zurückgeführter volkstümlicher Sinnspruch.

Kasimir und Karoline / Glaube Liebe Hoffnung-Szenerie

66,10 *anatomische Institut*: vgl. Anm. zu 11,3.

66,27 *ausgesteuert*: Aussteuerung, das Ende des Bezugs von Versicherungsleistungen aus der Arbeitslosenversicherung; aber auch: jemandem (meist der Tochter) eine Aussteuer bzw. eine Ausstattung zur Hochzeit mitgeben.

66,30 *(Stille)*: vgl. Anm. zu 11,20.

67,16 *Volant*: (frz.) Lenkrad, Steuer (eines Autos).

67,29 *fixiert*: angestarrt.

68,1 *Zeppelin*: Luftschiff, benannt nach dessen Erfinder Ferdinand Graf von Zeppelin (1838–1917), betrieben mit Elektromotoren.

68,14 *abstruse*: seltsame, absonderliche.

69,1 *Strohwitwer*: ugs. für einen Mann, der vorübergehend ohne seine Frau ist.

69,19 *Gefängnis*: vgl. Anm. zu 7,15 f.

Typoskripte von Lukas Kristl

70,7 *Mk.*: Mark, vgl. Anm. zu 16,3.

70,10 *Zollinspektor*: vgl. Anm. zu 16,10.

72,1 *Wohlfahrtsamt*: vgl. Anm. zu 27,3.

72,7 *Sipomann*: Polizist der Sicherheitspolizei; in den Arbeiten Kristls und den frühen Textstufen Horváths hieß die Figur des Schupo noch »Sipo« (vgl. Anm. zu 7,19).

72,11 *Kriminaler*: vgl. Anm. zu 10,15.

72,12 f. *mit dem Achter*: zeitgenössischer ugs. Ausdruck für Handschellen.

73,11 *Kriminalpolizei*: vgl. Anm. zu 10,15.

73,19 *Geduld bringt Rosen:* Redensart; Geduld führt zu Erfolg.
74,7 *Sockenhalter:* vgl. Anm. zu 43,17.
74,17 f. *Unterkommensauftrag:* vgl. Anm. zu 44,1 f.
74,27 f. *Polizeiwidrig ist nicht, wer kein Unterkommen hat:* vgl. Anm. zu 44,1 f.
75,25 f. *Sittenpolizei:* vgl. Anm. zu 43,6.
75,26 *zum Stempeln:* Synonym für »arbeitslos sein«: Ab den 1920er Jahren mussten sich Arbeitslose auf einer sog. Stempelkarte bestätigen lassen, dass sie ihrer Verpflichtung nachgekommen waren bzw. sich (oft täglich, meist wöchentlich) beim Arbeitsamt gemeldet hatten; nur dann bekamen sie ihre Unterstützung ausbezahlt.
76,3 f. *indiskret:* taktlos, ohne Zurückhaltung.
76,8 *Grünen Polizei:* also der Schutzpolizei, die grüne Uniformen trug (vgl. hier Anm. zu 7,19).
77,14 *futsch:* (ugs.) weg, verloren.
78,28 *Korsett:* vgl. Anm. zu 16,26.
78,28 f. *Spassl gmacht:* scherzen.
78,30 f. *und da haben wir heiraten müssen:* Die Tatsache, ein uneheliches Kind zu haben, hätte damals zu Ächtung und völliger sozialer Isolierung geführt.
79,19 *Weihnachtsgratifikation:* Weihnachtsgeld, 13. Monatsgehalt, zusätzlich zum regulären Gehalt.
79,19 f. *Zigarrengeld:* eine Gehaltszulage (zum Kauf von Zigarren).
80,14 *was Jungs:* etwas Junges, gemeint ist: eine junge Frau.
80,22 *proper:* sauber, gepflegt, ansprechend.

Stiefmutter

81,15 *(Stille):* vgl. Anm. zu 11,20.
82,11 *hypochondrischer:* an Hypochondrie (der Einbildung, krank zu sein) leidend.
Versicherungsinspektor: vgl. Anm. zu 16,10.
82,20 *a. D.:* außer Dienst.
83,15 *grantig:* österr. für: schlecht gelaunt.
83,16 *unpässlich:* von Unwohlsein befallen (oft wegen einsetzender Periode).
83,23 *Wandergewerbeschein:* vgl. Anm. zu 16,18.

84,11 *Soll ich da gutstehen:* Soll ich dafür geradestehen bzw. eine Verpflichtung eingehen, dass ich im Misserfolgsfall die Kosten übernehmen werde?

84,12 *pro forma:* der Form wegen, um einer Vorschrift zu genügen.

84,22 f. *Vater werden … dagegen sehr:* ironische Feststellung, Zitat aus dem Band *Tobias Knopp* des deutschen Humoristen und Zeichners Wilhelm Busch (1832–1908).

85,2 *unter dem kühlen Rasen:* tot und beerdigt, im Sarg.

85,5 *»Elterngrab«:* gemeint ist vermutlich *Am Elterngrab* (op. 202), Lied von Emil Winter-Tymian (1860–1926).

85,28 *Scheererein:* eigtl. Scherereien (österr., ugs.), Unannehmlichkeiten.

86,1 *Heimlich denkt das Weib immer nur an die Ehe:* verbreitete frauenfeindliche Haltung der Zeit, die Frauen unterstellte, prinzipiell unselbständig zu sein und immer nur an die Verehelichung mit einem Mann zu denken.

86,14 *Urne:* Gefäß zur Aufnahme der Asche des verbrannten Leichnams.

86,22 *Hundertfünfzig Mark:* vgl. Anm. zu 16,3.

87,6 *abgebaut:* entlassen, freigestellt.

87,7 *hernach:* jetzt plötzlich.
Brosch: meine Brosche.

87,16 *sich abzugeben:* sich hinzugeben, sich zu prostituieren.

88,7 *Kaution:* Geldsumme, die als Sicherheit hinterlegt wird.

88,10 f. *der Glaube versetzt Berge:* vgl. Matthäus 17,20: »So ihr Glauben habt wie ein Senfkorn, so mögt ihr sagen zu diesem Berge: Hebe dich von hinnen dorthin! so wird er sich heben; und euch wird nichts unmöglich sein.«

Glaube Liebe Hoffnung in zwei Teilen

89,7 *Siamesische Wachtparade:* Marsch aus der Operette *Nakiris Hochzeit, oder: Der Stern von Siam* (1902) des Berliner Komponisten Paul Lincke (1866–1946).

89,13 *cand. med.:* (lat.) Kandidat der Medizin, ein Medizinstudent nach der ersten Zwischenprüfung.

89,17 *Ist etwas hin?:* Ist etwas kaputt?
89,18 *happert:* hapert, mangelt.
89,23 *Kaufbeuren:* vgl. Anm. zu 21,17.
91 *Wohlfahrtsamt:* vgl. Anm. zu 27,3.
Bierkeller: bezeichnet v. a. in Bayern den Biergarten zum eigentlichen Bierkeller, in dem vor der Erfindung künstlicher Kühlung das meist untergärig gebraute Bier gelagert wurde.
92,16 *Höhere Gewalt:* vgl. Anm. zu 21,32.
92,17 *(Stille):* vgl. Anm. zu 11,20.
92,23 *Korsett:* vgl. Anm. zu 16,26.
Engros: vgl. Anm. zu 16,26.
92,31 *Propaganda:* im weitesten Sinne Werbung für ein politisches, kulturelles oder geschäftliches Anliegen; heute v. a. abwertend verwendet.
93,1 *Hinaufregung:* Aufregung.
93,32 f. *Wandergewerbeschein:* vgl. Anm. zu 16,18.
94,23 *hernach:* jetzt plötzlich.
95,5 *»Frühlingsrauschen«:* populäres Klavierstück (op. 32) des norwegischen Komponisten Christian Sinding (1856–1941).
95,18 *tot:* müde, nicht zu gebrauchen.
95,23 *Volant:* (frz.) Lenkrad, Steuer (eines Autos).
97,6 *Hysterisches Ding:* überspannte, leicht erregbare Frau; Hysterie galt bis zur Mitte des 20. Jh.s als sog. »typische« Frauenkrankheit, v. a. abwertend.
98,6 f. *»Wenn die Elisabeth … Beine hätt«:* beliebter Schlager von Robert Katscher (1894–1942), Karl Farkas (1893–1971) und Géza Herczeg (1888–1954) aus der Operette *Die Wunderbar* (1930).
98,11 *Pascha:* eigtl. orientalischer Titel; ugs. für einen gegenüber Frauen rücksichtslosen, herrschsüchtigen, egoistischen Mann.
98,12 *Trauerflor:* vgl. Anm. zu 10,7.
99,25 *malitiös:* boshaft, hämisch, (eigentlich malaziös).
100,9 *Rehpintscher:* vgl. Anm. zu 17,2.
100,29 f. *»Dein Mund sagt nein … sagen ja«:* zeitgenössischer Schlager des Kabarettisten Willy Rosen (1894–1944).
101,14 *Kirsch:* auch Kirschwasser, Obstbranntwein aus Kirschen.
101,22 *Fata morgana:* Luftspiegelung in der Wüste.

Gummi arabicum: aus der Rinde von Akazien gewonnene Substanz; dient in Lebensmitteln als Verdickungsmittel und wurde in der Antike zum Einbalsamieren von Mumien benutzt.

101,23 *Tausend und eine Nacht:* berühmte orientalische Märchensammlung.

102,3 *Strohwitwer:* vgl. Anm. zu 69,1.

102,10 f. *Lasset die Kleinen zu mir kommen:* Anspielung auf die Kindersegnung Jesu im Markusevangelium (Markus 10, 13–16: »Lasset die Kindlein zu mir kommen und wehret ihnen nicht; denn solcher ist das Reich Gottes.«).

102,12 *Der Dirne lass ich die Wege nicht frei:* Verszeile aus dem Gedicht »Bruder Liederlich« von Detlev von Liliencron (1844–1908).

103,22 *Paletot:* (frz.) zweireihiger Herrenmantel.

104,1 *empfiehlt sich … auf französisch:* redensartlich, Verlassen einer Gesellschaft schnell und ohne Gruß.

104,15 *Schupo:* vgl. Anm. zu 7,19.

104,17 *Polizeistunde:* Sperrstunde in Gaststätten.

105,13 *Herr General:* vgl. Anm. zu 28,6.

107,9 *Invalidenversicherung:* vgl. Anm. zu 27,15.

107,10 *Invalider:* vgl. Anm. zu 10,11.

107,11 *Berufsgenossenschaft:* vgl. Anm. zu 27,17.

107,16 *promenieren:* vgl. Anm. zu 27,22.

107,18 *Spruchausschuss:* vgl. Anm. zu 27,23.

107,20 f. *von sechzig auf vierzig Prozent heruntergesetzt:* vgl. Anm. zu 27,25 f.

108,4 *Unser täglich Brot gib uns heute:* vgl. Anm. zu 28,7.

108,14 *Versicherungsinspektor:* vgl. Anm. zu 16,10.

108,16 *damische Gretl:* vgl. Anm. zu 28,19.

108,23 *Ist ja wurscht:* (bayr.-österr.) Ist ja egal.

108,25 *Dummheit und Stolz wachsen auf einem Holz:* vgl. Anm. zu 28,28.

109,1 *Massengrab:* vgl. Anm. zu 29,11.

110,5 *hinaufgehaut:* ugs. aufgedrückt, auferlegt.

110,9 *rentieren:* lohnen.

110,22 *Allüren:* vgl. Anm. zu 30,15.

wie ein Weltmann: wie ein Mann von Welt.

111,8 *Da sitzt schon einer drin, der uns ein Schinkenbrot kauft!:* vgl. Anm. zu 31,7 f.

111,17 *Da staunt der Fachmann und der Laie wundert sich:* vgl. Anm. zu 31,14.

111,21 *fixiert:* angestarrt.

112,16 *Eisenbahnattentäter:* vgl. Anm. zu 34,9.

112,27 *Glaube Liebe Hoffnung:* vgl. Anm. zu 5.

112,29 f. *Staatsbeamter in gesicherter Position:* vgl. Anm. zu 34,21 f.

113,10 f. *geht mir direkt etwas ab:* fehlt mir direkt etwas.

113,20 *Mickymausmarsch:* hier vermutlich die Musikbegleitung zu den Disney-Animationsfilmen wie *Steamboat Willie* (vgl. Anm. zu 36,18 f.). Der bekannte *Mickey Mouse-March* wurde erst in den 1950er Jahren komponiert.

113,24 *Mickymaus:* vgl. Anm. zu 36,18 f..

113,27 *Standphotos:* Filmstills, Szenenaufnahmen aus den gezeigten Filmen zu Werbezwecken.

114,1 *Frau Amtsgerichtsrat:* vgl. Anm. zu 7,20.

114,12 *Sanitätsrat:* vgl. Anm. zu 35,29.

114,18 f. *Konfektionsjuden:* antisemitischer Begriff für einen jüdischen Unternehmer in der Bekleidungswirtschaft.

114,22 f. *und ich verdiene mir doch dabei:* ugs., verdiene mir etwas dazu.

114,26 *behufs:* altertüml.: wegen bzw. in Bezug auf, aus dem Grunde.

114,28 f. *Pfennig:* vgl. Anm. zu 24,33.

115,10 *Herbstastern:* vgl. Anm. zu 40,6.

115,15 *»Bist Dus lachendes Glück?«:* Duett aus der Operette *Der Graf von Luxemburg* (1909) von Franz Léhar (1870–1948): »Bist du's, lachendes Glück, das jetzt vorüber schwebt, / ist das der süsse, goldige Traum, den man nur einmal lebt? / Sagt nicht alles in mir, sei gescheit, / heute winkt dir das Glück. / Versäum', verträum' ich die Zeit, / sehnst umsonst dann zurück, / die Lieb' in Lust und Leid.«

115,20 *Flieder:* beliebter, im Frühling üppig blühender Zierstrauch.

115,23 *Mai:* Bist Du immer noch im Liebesmonat, obwohl schon Herbst ist?

115,27 *Sperrsitz:* üblicherweise der billigste Platz in einem Theater oder Kino; diese Sitze konnte man hochklappen und so versperren, also festklemmen, daher der Name.

116,17 *Bewährungsfrist:* vgl. Anm. zu 37,4.

117,10 *in spe:* vgl. Anm. zu 37,26.

118,16 *Hochzeit der Winde: Wedding of the Winds* (1904), Konzertwalzer von John T. Hall (1875–1954).

118,24 *Virginia:* lange, dünne Zigarre mit Mundstück, benannt nach dem US-Bundesstaat Virginia.

119,3 f. *das Weib der geborene Feind des Mannes ist:* frauenfeindliches Stereotyp der Zeit, das einen unüberbrückbaren Geschlechtergegensatz behauptet.

119,4 f. *Bermudasinseln:* eigtl. Bermudainseln, Inselgruppe im Atlantik unter britischer Hoheit. Auf den Bermudas gibt es keine Gorillas.

119,11 *wenn es aufgeht:* hier dialektal im Sinne von: losgeht; vgl. auch in der Jägersprache »aufgehen« i. S. von »mit der Jagd beginnen«.

119,13 *Oberpräparator:* vgl. Anm. zu 10,4.

120,11 *hundertfünfzig Mark:* vgl. Anm. zu 16,3.

120,17 *Krampus:* v. a. im alpenländischen Raum verbreiteter, wilder Begleiter des Hl. Nikolaus.

120,18 *ein Packel:* österr. für ein Päckchen.

120,28 *Dunkel oder hell:* Die hier sogleich symbolisch beantwortete Frage bezieht sich vordergründig auf das Bier (»Helles« oder »Dunkles«).

121,16 *schneidiger:* junger, männlicher, verwegener.

121,17 *leichtlebiger Falter:* Schmetterling, hier: naiv, unvorsichtig.

122,11 *Jessas:* (süddt.-österr.) Jesus, Ausruf des Erstaunens.

123,10 *siamesischen Schleierfische:* eigtl. siamesischer Kampffisch (Betta splendens), beliebter, aber auch sein Territorium äußerst aggressiv verteidigender Aquariumsfisch.

123,14 *alte Hütten:* (bayr.-österr.) scherzhaft-spöttische Anrede, vgl. »altes Haus«.

123,25 *Ich hab nämlich immer achtgegeben:* vgl. Anm. zu 42,15.

124,18 *devot:* unterwürfig.

124,26 *Staatsgewaltsorgan:* vgl. Anm. zu 38,17.

125,17 *Schmeichelkätzchen:* Welches Musikstück Horváth damit genau meint, ist leider unklar. Wahrscheinlich bezieht er sich auf einen Text von Josef Huggenberger (1865–1945), mehrfach vertont, z. B. von Robert Fuchs (1847–1927), op. 64/8: »Ein Schmeichelkätzchen nenn' ich mein; / es glänzt sein Fell wie Seide fein, / sein Köpfchen, das ist kugelrund; / es putzt sich wohl zu jeder Stund', / und Pfötchen hat es sammtig weich, / und wenn man's kraut, dann schnurrt es gleich; / und nur die kleinen Äugelein / schau'n ein klein wenig falsch darein. // Ist auch ein artig Schätzchen mein: / das gleichet meinem Kätzelein, / es ist so weich und fein und zart, so rund und molliglieb von Art; / auch putzt sich's gerne für die Leut'; / und schmeicheln kann's, ist 'ne Freud'! / Und nur die kleinen Äugelein / schau'n ein klein wenig falsch darein.«

125,21 *möbliertes Zimmer:* vgl. Anm. zu 40,3.

125,24 f. *Spirituskocher:* vgl. Anm. zu 40,6 f.

126,8 *Nachtkastl:* (süddt.-österr.) Nachtkästchen, Nachtschrank.

126,9 *Radetzkymarsch:* vgl. Anm. zu 40,26.

126,12 *Aida:* vgl. Anm. zu 40,29.

126,23 *blöden Wahlen:* vgl. Anm. zu 41,10.

127,15 *Kriminalpolizei:* vgl. Anm. zu 42,23.

127,17 *Ausgerechnet Bananen:* vgl. Anm. zu 42,25.

127,23 *Sittenpolizei:* vgl. Anm. zu 43,6.

128,2 *Geduld bringt Rosen:* Redensart; Geduld führt zu Erfolg.

128,12 f. *Sockenhalter:* vgl. Anm. zu 43,17.

128,16 f. *Unterkommensauftrag:* vgl. Anm. zu 43,22 f.

128,24 f. *Polizeiwidrig ist nicht, wer kein Unterkommen hat:* vgl. Anm. zu 44,1 f.

129,15 *mehrere Bräutigame beteiligt:* vgl. Anm. zu 44,22.

129,19 *indiskret:* taktlos, ohne Zurückhaltung.

131,7 *Betrug:* vgl. Anm. zu 24,12.
Gefängnis: vgl. Anm. zu 7,15 f.

132,3 *schlägt die Hacken zusammen:* vgl. Anm. zu 47,10.

132,12 *Radikal nichts:* ganz und gar nichts.

134,8 *Tango:* Der lateinamerikanische Tanz Tango argentino war in der Zwischenkriegszeit in Europa äußerst populär und entwickelte sich bald zum heute bekannten Standardtanz.

134,12 *Kriminaler:* vgl. Anm. zu 10,15.

136,17 *Stiftzähn:* vgl. Anm. zu 32,11.

137,9 *verschuftet:* vgl. Anm. zu 33,2.

137,15 *Polizeimensch:* Bayr.-österr. bedeutet »Mensch« dialektal auch »Mädchen«.

137,16 *Schliesszange:* Handschellen.
138,10 f. *Marsch »Alte Kameraden«:* vgl. Anm. zu 60,13.
139,3 *Präsentieren:* das Vorzeigen der Waffen als militärische Ehrenbezeugung auf einer Parade.
Defiliermarsch: Parademarsch; v.a. im 19. Jahrhundert wurden viele Marschmusikkompositionen mit diesem Titel komponiert.

Glaube Liebe Hoffnung in sieben Bildern

140,11 *kostümiert:* (veraltet) bekleidet, angezogen (heute ausschließlich im Sinne von verkleidet).
140,12 *cand. med.:* vgl. Anm. zu 89,13.
140,13 *selbe:* dieselben, diese.
pedantisch: übertrieben genau.
141,16 *Examens:* Prüfung, meist an einer Universität.
142,9 *(Stille):* vgl. Anm. zu 11,20.
142,18 *Trauerflor:* vgl. Anm. zu 10,7.
143,4 f. *Anatomischen Institut:* vgl. Anm. zu 11,3.
144,9 *aufgeräumten:* gut gelaunten, gelösten.
144,12 *Jessas:* (süddt.-österr.) Jesus, Ausruf des Erstaunens.
144,13 *allweil:* österr. umgangssprachlich für: immer.
144,19 *Rendez-vous:* (frz.) Verabredung, meist unter Verliebten.
144,23 *narrisch:* (bayr.-österr.) närrisch, verrückt.
144,29 *Ist ja wurscht:* (bayr.-österr.) Ist ja egal.
145,1 *Inspektorstochter:* vgl. Anm. zu 16,10.
Landshut: kreisfreie Stadt, Verwaltungssitz des Regierungsbezirkes Niederbayern.
145,2 *Wandergewerbeschein:* vgl. Anm. zu 16,18.
145,6 *Hundertfünfzig Mark:* vgl. Anm. zu 16,3.
145,10 *Oberpräparator:* vgl. Anm. zu 10,4.
145,19 *Kaliber:* Rohrdurchmesser (einer Waffe), ugs. für Art, Schlag.
145,22 *Freund und Kupferstecher:* scherzhafte Anrede, auch mahnend gebraucht; geht vermutlich auf das Gedicht »An den Gevatter Kupferstecher Barth« von Friedrich Rückert (1788–1866) zurück.
145,28 *versierteste:* erfahrenste.
148,1 *Bierkeller:* vgl. Anm. zu 91.

148,11 *Frau Amtsgerichtsrat:* vgl. Anm. zu 7,20.
148,19 *Sanitätsrat:* vgl. Anm. zu 35,29.
148,23 *Korsette:* vgl. Anm. zu 16,26.
148,25 f. *Konfektionsjuden:* vgl. Anm. zu 114,18 f.
149,6 *behufs:* vgl. Anm. zu 114,26.
149,7 f. *Pfennig:* vgl. Anm. zu 24,33.
149,13 *zuguterletzt:* am Ende.
149,19 *Invalide:* vgl. Anm. zu 10,11.
Herbstastern: vgl. Anm. zu 40,6.
149,21 *fixiert:* angestarrt.
149,24 *»Bist Dus lachendes Glück?«:* vgl. Anm. zu 115,15.
150,1 *Flieder:* vgl. Anm. zu 115,20.
150,4 *Mai:* vgl. Anm. zu 115,23.
150,10 *Mickymaus:* vgl. Anm. zu 36,18 f.
150,27 *Bewährungsfrist:* vgl. Anm. zu 37,4.
151,20 *in spe:* vgl. Anm. zu 37,26.
152,12 *Virginia:* vgl. Anm. zu 118,24.
152,16 f. *das Weib der geborene Feind des Mannes ist:* vgl. Anm. zu 119,3 f.
152,17 f. *Bermudasinseln:* vgl. Anm. zu 119,4 f.
152,24 *wenn es aufgeht:* vgl. Anm. zu 119,11.
153,16 *Krampus:* vgl. Anm. zu 120,17.
153,17 *ein Packel:* österr. für ein Päckchen.
153,26 *Dunkel oder hell:* vgl. Anm. zu 120,28.
154,15 *schneidiger:* junger, männlicher, verwegener.
154,16 *leichtlebiger Falter:* Schmetterling, hier: naiv, unvorsichtig.
156,2 f. *siamesischen Schleierfische:* vgl. Anm. zu 123,10.
156,6 f. *alte Hütten:* vgl. Anm. zu 123,14.
156,20 *Ich hab nämlich immer achtgegeben:* vgl. Anm. zu 42,15.
157,11 *devot:* unterwürfig.
157,18 *Staatsgewaltsorgan:* vgl. Anm. zu 38,17.
158,23 *Ich bin so frei:* vgl. Anm. zu 23,25.
160,7 *Auslassen:* österr.-süddt. für »loslassen«.
160,12 *Zwangsjacke:* Jacke mit überlangen Ärmeln, die am Rücken zusammengebunden werden können; wurde früher in der Psychiatrie zur Ruhigstellung aggressiver Patienten benutzt.
160,15 *Marsch »Alte Kameraden«:* vgl. Anm. zu 60,13.

161,5 *Höchste Eisenbahn:* vgl. Anm. zu 60,17 f.
161,10 f. *offerieren:* gehoben bzw. geziert für: anbieten.
164,7 *Ich lebe ich weiss nicht wie lang:* vgl. Anm. zu 62,6–9.

Arbeiten zur Randbemerkung

165,7 *Volksstückes:* an breite Bevölkerungsschichten gerichtetes Theaterstück, das in Abgrenzung zum Theater des Bürgertums und des Adels entstanden ist; starke Trivialisierung Ende des 19. Jahrhunderts, der u. a. Horváth mit seiner Erneuerung des Volksstückes entgegenwirkte.
167 *Kothurnen:* auf den erhöhten Schuhen der Schauspieler in der griechischen Tragödie; die Wendung »auf hohem Kothurn einherschreiten« meint, dass etwas sehr pathetisch-hochtrabend vorgetragen wird.
168,12 *Tendenzstücken:* Stücke mit einer klar erkennbaren politisch-ideologischen Botschaft, politisch engagierte Stücke, auch abwertend.
168,22 *retouchieren:* (frz.) retuschieren: nachträglich bearbeiten.
169,1 f. *Feuilleton:* Kulturteil einer Zeitung, hier im Sinne eines literarisch-belanglosen Beitrags.

Literaturhinweise

Der Nachlass Ödön von Horváths befindet sich am (ehemals: Österreichischen) Literaturarchiv der Österreichischen Nationalbibliothek (ÖNB) in Wien sowie in der Wienbibliothek im Rathaus. Materialien aus diesen Beständen werden unter Verwendung der entsprechenden Signaturen angeführt und zitiert: »ÖLA« steht für das Literaturarchiv, »IN« für die Inventarnummer der Wienbibliothek, »BS« für die (alte) Berliner Signatur. Materialien aus dem Nachlass Traugott Krischkes am Literaturarchiv der ÖNB werden entsprechend zitiert.

Werke

Ödön von Horváth: Wiener Ausgabe sämtlicher Werke. Historisch-kritische Edition. Am Literaturarchiv der Österreichischen Nationalbibliothek und am Franz-Nabl-Institut der Universität Graz hrsg. von Klaus Kastberger. Berlin: de Gruyter, 2009 ff. [Zit. als: WA.]

Bd. 1: Frühe Dramen. Hrsg. von Nicole Streitler-Kastberger. 2019.

Bd. 3: Geschichten aus dem Wiener Wald. Hrsg. von Erwin Gartner und Nicole Streitler-Kastberger. 2015.

Bd. 4: Kasimir und Karoline. Hrsg. von Klaus Kastberger und Kerstin Reimann. 2009.

Bd. 5: Glaube Liebe Hoffnung. Hrsg. von Martin Vejvar. 2020.

Bd. 11: Ein Sklavenball / Pompeji. Hrsg. von Martin Vejvar. 2015.

Bd. 13: Sportmärchen, Kurzprosa und Werkprojekte Prosa. Hrsg. von Martin Vejvar. 2017.

Bd. 14: Der ewige Spießer. Hrsg. von Klaus Kastberger und Kerstin Reimann. 2010.

Ödön von Horváth: Geschichten aus dem Wiener Wald. Hrsg. von Klaus Kastberger und Nicole Streitler. Stuttgart: Reclam, 2009. [Zit. als: Horváth 2009a.]

– Kasimir und Karoline. Hrsg. von Klaus Kastberger und Kerstin Reimann. Stuttgart: Reclam, 2009. [Zit. als: Horváth 2009b.]

– Jugend ohne Gott. Hrsg. von Klaus Kastberger und Evelyne Polt-Heinzl. Stuttgart: Reclam, 2009. [Zit. als: Horváth 2009c.]
– Der jüngste Tag. Hrsg. von Nicole Streitler. Stuttgart: Reclam, 2009. [Zit. als: Horváth 2009d.]
– Stücke. Hrsg. von Traugott Krischke. Mit einem Nachwort von Ulrich Becher. Reinbek bei Hamburg: Rowohlt, 1961.
– Gesammelte Werke. 4 Bde. Hrsg. von Dieter Hildebrandt, Walter Huder und Traugott Krischke. Frankfurt a. M.: Suhrkamp, 1970/71. [*Glaube Liebe Hoffnung* in Bd. 1.]
– Glaube Liebe Hoffnung. Hrsg. und mit einem Nachw. von Traugott Krischke. Frankfurt a. M.: Suhrkamp, 1973.
– Kommentierte Werkausgabe in Einzelbänden. 14 Bde. Hrsg. von Traugott Krischke unter Mitarbeit von Susanna Foral-Krischke. Frankfurt a. M.: Suhrkamp, 1983–88. [Zit. als: KW.]
Bd. 6: Glaube Liebe Hoffnung.
Bd. 16: Ein Fräulein wird verkauft und andere Stücke aus dem Nachlass. Hrsg. von Klaus Kastberger. 2005.
– Glaube Liebe Hoffnung. Text und Kommentar. Hrsg. von Dieter Wöhrle. Frankfurt a. M.: Suhrkamp, 2007.

Archivmaterialien

Brief des Ullstein Buchverlags (Wilhelm Gronle) an Ödön von Horváth, Berlin, 27. 7. 1932, Original im Vertragsarchiv des Ullstein Buchverlags, ohne Signatur. [Zit. als: Gronle/Ullstein 1932a.]
Brief des Ullstein Buchverlags (Wilhelm Gronle) an Ödön von Horváth, Berlin, 23. 12. 1932, Original im Vertragsarchiv des Ullstein Buchverlags, ohne Signatur. [Zit. als: Gronle/Ullstein 1932b.]
Brief Ödön von Horváths an Wilhelm Gronle (Ullstein Verlag), Murnau, 2. 1. 1933, Original im Vertragsarchiv des Ullstein Buchverlags, Berlin, ohne Signatur. [Zit. als: Horváth 1933.]
Gerichtsunterlagen Klara Gramm (Anklageschrift 28.9.1928, Verhandlungsprotokoll 4.4.1929), Staatsarchiv München, AG 36824.

Sekundärliteratur

Bartsch, Kurt: Ödön von Horváth. Stuttgart 2000.

Baumgartner, Wilhelm Martin: Lied und Musik in den Volksstücken Ödön von Horváths. In: Horváths Stücke. Hrsg. von Traugott Krischke. Frankfurt a. M. 1988. S. 154–180.

Ehrenreich, Andreas / Storr, Annette / Vejvar, Martin (Hrsg.): Horváth spielen. Maske und Kothurn. 60. Jg. (2014) H. 1. Wien 2014.

Gamper, Herbert: Todesbilder in Horváths Werk. In: Horváth-Diskussion. Hrsg. von Kurt Bartsch / Uwe Baur / Dietmar Goltschnigg. Kronberg/Taunus 1976. S. 67–81.

Gartner, Erwin / Streitler, Nicole: Bibliographie. Ödön von Horváth. In: Kastberger/Streitler 2006. S. 129–160.

Haag, Ingrid: Ödön von Horváth. Fassaden-Dramaturgie. Beschreibung einer theatralischen Form. Frankfurt a. M. 1995.

Handke, Peter: Horváth und Brecht (1968). In: Peter Handke: Ich bin ein Bewohner des Elfenbeinturms. Frankfurt a. M. 1972. S. 63 f.

Hildebrandt, Dieter: Ödön von Horváth in Selbstzeugnissen und Bilddokumenten. Reinbek bei Hamburg 1975.

Kastberger, Klaus (Hrsg.): Ödön von Horváth. Unendliche Dummheit – dumme Unendlichkeit. Wien 2001. S. 5–18. [Kastberger 2001.]

– Zwei Mundvoll Schweigen. Abstürze der Rede in Literatur und Philosophie. In: K. K. / Konrad Paul Liessmann (Hrsg.): Die Dichter und das Denken. Wechselspiele zwischen Literatur und Philosophie. Wien 2004. S. 174–197. [Kastberger 2004.]

– Frauen in Schachteln und Schleifen. Zur Ökonomie der Geschlechter in *Geschichten aus dem Wiener Wald* und *Kasimir und Karoline*. In: Streitler-Kastberger/Vejvar 2018. S. 177–185.

Kastberger, Klaus / Streitler, Nicole (Hrsg.): Vampir und Engel. Zur Genese und Funktion der Fräulein-Figur im Werk Ödön von Horváths. Wien 2006. [Kastberger/Streitler 2006.]

Klotz, Volker: Dramaturgie des Publikums. Wie Bühne und Publikum auf einander eingehen, insbesondere bei Raimund, Büchner, Wedekind, Horváth, Gatti und im politischen Agitationstheater. Würzburg [2]1998.

Krischke, Traugott (Hrsg.): Materialien zu Ödön von Horvaths *Glaube Liebe Hoffnung*. Frankfurt a. M. 1973.
– Horváth-Chronik. Daten zu Leben und Werk. Frankfurt a. M. 1988.
Kurzenberger, Hajo: Horváths Volksstücke. Beschreibung eines poetischen Verfahrens. München 1974.
Lethen, Helmut: Horváths Biotope und die »Weltoffenheit« in der Anthropologie der Zwischenkriegszeit. In: Kastberger 2001. S. 5–18.
Lunzer, Heinz / Lunzer-Talos, Victoria / Tworek, Elisabeth (Hrsg.): Horváth. Einem Schriftsteller auf der Spur. Salzburg 2001.
Meister, Monika: Horváths Theater und die Ökonomie der Emotionen. In: Nicole Streitler-Kastberger / Martin Vejvar (Hrsg.): Horváth lesen. Maske und Kothurn. 59. Jg. (2013) H. 3. Wien 2013. S. 11–22.
Nolting, Winfried: Der totale Jargon. Die dramatischen Beispiele Ödön von Horváths. München 1976.
Schmidt-Dengler, Wendelin: Von der Unfähigkeit zu feiern. Verpatzte Feste bei Horváth und seinen Zeitgenossen. In: Literatur und Kritik (1989) H. 237/238. S. 314–323.
Schröder, Jürgen: Ödön von Horváths kleiner Totentanz *Glaube Liebe Hoffnung*. In: Aufklärungen. Zur Literaturgeschichte der Moderne. Festschrift für Klaus Detlef Müller zum 65. Geburtstag. Hrsg. von Werner Frick. Tübingen 2003. S. 283–295.
Sonnleitner, Johann: Sprache und Ökonomie. Soziolinguistische Aspekte des Bildungsjargons bei Ödön von Horváth. In: Kastberger 2001. S. 52–62.
Streitler-Kastberger, Nicole: *Hin und her* – Migration bei Horváth. In: Streitler-Kastberger/Vejvar 2018. S. 219–230.
Streitler-Kastberger, Nicole / Vejvar, Martin (Hrsg.): Ödön von Horváth. Erotik, Ökonomie und Politik. Salzburg 2018. [Streitler-Kastberger/Vejvar 2018.]

Nachwort

Kleiner Totentanz, große Wirkung

Der österreichisch-ungarische Schriftsteller Ödön von Horváth (1901–1938) gehört spätestens seit den 1960er Jahren zu den meistgespielten Dramatikern auf deutschsprachigen Bühnen. Berühmt wurde der Autor durch seine ›neuen‹ Volksstücke. In diesen herrscht eine melancholische Grundstimmung, die jedoch über die einzelnen Figuren hinaus auch in überindividuelle und allgemeinere Bereiche der Metaphysik gesteigert scheint. »Nichts gibt so sehr das Gefühl der Unendlichkeit als wie die Dummheit«, lautet, grammatikalisch schief und gerade deshalb umso wirkungsvoller, das Motto der 1931 uraufgeführten *Geschichten aus dem Wiener Wald*.[1] Die Wendung gibt in verkleinertem Maßstab wieder, wofür man Horváth bis heute schätzt. Es ist eine Art zu spät gekommener Gelehrsamkeit, die in seinen Stücken vermeintlich triumphiert und sich dabei doch nur selbst im Wege steht. Die Phrasen sind hohl geworden, die Formelhaftigkeit der Sprache entlarvt sich selbst. Noch im Jahr der Uraufführung des Stückes erhielt Horváth den renommierten Kleist-Preis für sein Werk und hatte damit in Deutschland den Durchbruch geschafft.

Milieu und »neues« Volksstück

Horváth gibt in seinen Stücken Sprache und Lebensgefühl eines spezifischen Milieus wieder. Durchschnittliche Menschen kommen bei ihm zu Wort, kleine Gewerbetreibende,

1 Horváth 2009a, S. 6.

Angestellte, Pensionisten, ein Fleischhauer, ein ehemaliger Rittmeister, eine Trafikantin (Inhaberin eines Kiosks für Tabakwaren), ein entlassener Chauffeur, ein Schutzpolizist, eine Arbeiterfrau, ein Buchhalter. Während manche dieser Figuren schwere Schicksalsschläge zu ertragen haben, geht die Mehrheit ihren Vergnügungen nach. Bierkeller und Stammtische begegnen bei Horváth als Orte ebenso wie das Oktoberfest.

Am Rand solcher Festgesellschaften zeigt sich bereits der aufkommende Faschismus sowie jene Seiten der Großstadt, die man gerne als »ruchlos« bezeichnet. Junge Frauen werden bei Horváth systematisch in solche Räume getrieben. Auf die Männer übt dieses Ambiente eine magische Anziehung aus, und doch scheinen auch sie von den neuen Freizügigkeiten meist überfordert.

Auch die Familie ist Thema: Feste enden bei Horváth grundsätzlich im Eklat.[2] Zahlreiche Wege führen aus der Familie und der gutbürgerlichen Gesellschaft in den Ab- und Untergrund zwielichtiger Milieus. So befinden sich bei Horváth vor allem die sogenannten »Fräuleins« in ständiger Gefahr, zu Opfern dubioser Männerwelten zu werden. In seinen drei großen Volksstücken, *Geschichten aus dem Wiener Wald*, *Kasimir und Karoline* und *Glaube Liebe Hoffnung*, hat der Autor drei solcher Frauenschicksale gestaltet.[3]

In der Sprache der Figuren spiegelt sich das Bildungsgut höherer Schichten verzerrt wider.[4] Genau diese Verwendung von Sprache macht, so Horváth, das »neue« Volksstück aus. In einem Interview, das der Autor im Jahr 1932 Willi Cronauer für

2 Vgl. Schmidt-Dengler 1989.

3 Vgl. zum Überblick Kastberger/Streitler 2006.

4 Vgl. zu Horváths Sprache grundlegend Kurzenberger 1974, Nolting 1976 und Sonnleitner 2001.

den Bayerischen Rundfunk gab und von dem sich in Typoskriptform mehrere Fassungen erhalten haben, führt er aus:[5]

> Will man also das alte Volksstück heute fortsetzen, so wird man natürlich heutige Menschen aus dem Volke (wie der schöne feudale Ausdruck lautet) auf die Bühne bringen [...] Also: zu einem heutigen Volksstück gehören heutige Menschen – und mit dieser Feststellung gelangt man zu einem interessanten Resultat: nämlich, will man als Autor wahrhaft gestalten, so kann man an der völligen Zersetzung der Volksstücksprache durch den Bildungsjargon nicht vorübergehen. Der Bildungsjargon (und seine Ursache) fordert aber zu Kritik heraus – und so muß der Dialog des neuen Volkstückes zu einer Synthese von Ernst und Ironie werden.

Der »Bildungsjargon« besteht aus Floskeln, die verwendet werden, um den Anschein zu erwecken, selbst zum Bildungsbürgertum zu gehören. Die falsche oder unangemessene Verwendung solcher Phrasen entlarvt dabei jedoch das Halbwissen der Figuren. Ein gutes Beispiel jenes Universums aus Zitaten, welches im Gegensatz zum »alten« Volksstück (dem sich Autoren von Johann Nepomuk Nestroy über Ferdinand Raimund bis zu Ludwig Anzengruber gewidmet hatten) das »neue« ist, stellt *Glaube Liebe Hoffnung* dar.

5 »Wenn sich jemand bei mir erkundigt«, KW 11, S. 211.

Die Idee zum Stück

Über die Entstehung des Stückes hat Horváth selbst Auskunft gegeben. In der *Randbemerkung*[6] beschreibt er, wie er durch den Gerichtsreporter Wilhelm Lukas Kristl (1903–1985) von dem Stoff erfuhr.

Nachdem Kristl ihm eine Reihe von realen Fällen geschildert hatte, die Horváth zur Bearbeitung für die Bühne jedoch für unbrauchbar hielt, erzählte dieser ihm von einer Gerichtsverhandlung, über die er in der *Münchener Post* vom 13./14. Juli 1929 berichtet hatte. Eine Vertreterin in Korsetten, also eine Handlungsreisende für Damenunterwäsche, war wegen einer vergleichsweise geringfügigen Verfehlung verurteilt worden. Das Verbrechen der Frau hatte darin bestanden, für einen Kredit in Höhe von 200 Mark, welchen sie zur Erlangung eines Wandergewerbescheins benötigte, angeblich falsche Angaben gemacht zu haben. Gegenüber dem Kreditgeber soll sie den Beruf ihres als Bürgen genannten Vaters als Zollinspektor angegeben haben, während dieser in Wahrheit nur Versicherungsbeamter war. Das Gericht erkannte auf vorsätzlichen Betrug und verhängte eine Gefängnisstrafe von drei Monaten.[7]

Während es die Intention von Kristl war, ein Stück gegen die überzogene Anwendung der Paragraphen wegen Bagatelldelikten anzuregen, hatte Horváth mit dem Stoff von Beginn an etwas anderes vor. Er wollte versuchen, »wiedermal den gigantischen Kampf zwischen Individuum und Gesellschaft zeigen zu können, dieses ewige Schlachten, bei dem es zu keinem Frieden kommen soll – höchstens, dass mal ein Individuum

6 Vgl. hier S. 7.

7 Vgl. hier S. 178.

für einige Momente die Illusion des Waffenstillstandes geniesst«.[8]

Glaube Liebe Hoffnung, so Horváth weiter, könnte ganz in diesem Sinn jedes seiner Stücke heißen und auch das Motto, das er dem gegenständlichen Stück voranstellt[9], als Leitspruch für all seine Stücke dienen. Tatsächlich entspringt *Glaube Liebe Hoffnung* wie auch alle nachfolgenden Stücke und Romane des Autors einer Situation, in der Gott nicht nur als strafende Instanz ausgedient hat (vgl. den Titel seines Prosawerks *Jugend ohne Gott*). Der Weltenschöpfer scheint sich endgültig von der Erde abgewandt zu haben. Für die Menschen bleiben nur noch die strafenden Gesetze des rachsüchtigen Gottes aus dem Alten Testament. Das Gebot der Nächstenliebe aus dem Neuen Testament scheint in einer solchen Welt gänzlich unbekannt.

Während er an *Glaube Liebe Hoffnung* arbeitete, bemühte Horváth sich um eine Klarstellung seiner eigenen künstlerischen Ansprüche. Sein Stück *Kasimir und Karoline*, das im November 1932 zunächst in Leipzig und nur wenige Tage später in der gleichen Inszenierung in Berlin uraufgeführt worden war, wurde, wie Horváth verbittert anmerkte, von der Presse als eine Satire auf München und das Oktoberfest missverstanden. Etwas gänzlich anderes aber hatte der Autor bereits mit diesem Stück im Sinn gehabt. »Eine Ballade vom arbeitslosen Chauffeur Kasimir und seiner Braut Karoline« sollte es sein, »voll stiller Trauer, gemildert mit Humor, das heisst durch die alltägliche Erkenntnis: ›Sterben müssen wir alle!‹«[10]

Die ersten Notizen zu *Glaube Liebe Hoffnung* stammen noch aus einer Zeit vor der ersten Begegnung mit Kristl. In ei-

8 Vgl. hier S. 8.
9 Vgl. hier S. 9.
10 Briefentwurf an das Kleine Theater in Wien, in: Horváth 2009b, S. 167.

ner Szenenübersicht, die zum Werkkomplex *Kasimir und Karoline* gehört, fügt Horváth die drei titelgebenden Abstrakta als Allegorien ein.[11] Ebenso wie dieses Blatt stammt auch die erste ausgearbeitete Szene zum Stück schon aus dem Herbst 1931. Dort schildert Horváth den Auftritt einer jungen Frau vor der Anatomie, eine Szene, die exakt der späteren Eingangssequenz von *Glaube Liebe Hoffnung* entspricht. Das Fräulein, hier noch Karoline genannt, erbittet vom Anatomiediener eine Auskunft. Die Frage ist, wie das denn nun mit dem Verkauf des eigenen Körpers an die Wissenschaft sei. Auch der Sprachduktus späterer Fassungen von *Glaube Liebe Hoffnung* findet sich bereits in diesem frühen Entwurf, der sogenannten »Glaube Liebe Hoffnung-Szenerie«, ausgeprägt.[12]

Die Frage nach dem Ort, an dem Menschen zerstückelt werden sollen, hat dabei fast schon prophetische Kraft. Am Ende von *Glaube Liebe Hoffnung* – nachdem in einem mehr als einjährigen Arbeitsprozess die Anregungen Kristls aufgenommen, von Horváth aber von Grund auf umgearbeitet in Szene gesetzt worden waren – liegt der tote Körper der Korsettenreisenden selbst zusammengesunken auf dem Stuhl einer Polizeiwache. Die an diesem Schicksal hauptverantwortlichen Männer stehen um die Leiche herum.

Kristl und Horváth – Horváth und Kristl?

Doch wie hat sich die konkrete Zusammenarbeit zwischen Horváth und Wilhelm Lukas Kristl abgespielt? Der Gerichtsreporter lieferte im Gespräch die Grundidee und arbeitete einige Szenen schriftlich aus. Persönliche Treffen, bei denen

11 Siehe das Faksimile, S. 64.

12 Vgl. hier S. 66.

man sich der Anlage des Stückes widmete und diese gemeinsam besprach, sind aus einem Brief Kristls an Horváth vom Mai 1932 verbürgt. Am 12. Mai 1932 schrieb er an Horváth:[13]

> Hier eine weitere Szene. Ich hab sie mit Absicht nicht fertiggemacht, da ich mich vorher mit Dir darüber aussprechen will. Meiner Meinung nach müßte jetzt eigentlich der Sipo [d. i. »Sicherheitspolizist«] etwas auf dem Kerbholz haben, er müßte entweder verheiratet sein oder in der Scheidung und das müßte der Grund sein, warum unser Fräulein gegenüber der Polizei beharrlich schweigt. Damit würde sich also aus der kleinen Konfliktsgeschichte gleich wieder eine weitere entwickeln, gemäß dem Sinn unseres Stücks, gerade die Kleinigkeiten darzustellen, in denen jeder einzelne steckt und die wiederum die Menschen zueinander bringen.

Mehrere Fragmente von in Typoskriptform ausgeführten Szenen aus Kristls Hand haben sich in Horváths Nachlass (der heute im Literaturarchiv der Österreichischen Nationalbibliothek aufbewahrt wird) erhalten. Auf diesen Schreibmaschinenseiten finden sich auch wiederholt handschriftliche Eintragungen Horváths. Im vorliegenden Band sind all diese Szenen (sie spielen im Korsettenladen, vor dem Wohlfahrtsamt und im Zimmer des Fräuleins) allein in der von Kristl stammenden Bearbeitung abgedruckt.[14]

Ein Faksimile[15] zeigt ein Beispiel für die handschriftlichen Bearbeitungen Horváths. Insgesamt hat der Autor aus dieser gemeinsamen Produktionsphase jedoch nur recht wenig Dia-

13 Zit. nach der Abschrift des Briefes im Nachlass Traugott Krischkes, ÖLA 84 / Schachtel 48; das Original ist verschollen.

14 Vgl. hier S. 70–76.

15 Vgl. hier S. 70.

logtext in die nachfolgenden Versionen des Stückes übernommen. Eine Ausnahme bildet das Bild »Im Zimmer des Fräulein«[16], das – wenn auch überarbeitet – in das vierte Bild der Endfassung Eingang gefunden hat.[17]

Weitgehend unabhängig von den textlichen Vorgaben Kristls hat Horváth in alleiniger Arbeit zumindest eine weitere Vorarbeit zu dem Stück erstellt. In dieser nur fragmentarisch überlieferten Fassung[18] wird die Hauptfigur, die hier erstmals »Elisabeth« heißt, im Kreis ihrer Familie gezeigt. Neben dem Vater umfasst das Personal auch eine Stiefmutter, ein Hinweis auf eine Störung des ›klassischen‹ Familiendreiecks. Die Beziehung zwischen Vater und Stiefmutter trägt sadomasochistische Züge, ist doch in diesem Zusammenhang auch vom Hund-Spielen die Rede.[19] Textstellen wie diese werden in einer späteren Fassung des Stückes fast unverändert auf das Verhältnis zwischen Maria und dem Baron mit dem Trauerflor[20] übertragen.

Auch ein Monolog Elisabeths[21] hat sich aus dieser frühen Phase der Schreibarbeit erhalten. Doch sowohl die familiäre Rahmung als auch den Monolog der weiblichen Hauptfigur greift Horváth später nicht mehr auf, was für seine Arbeitsweise durchaus typisch ist. Auch die Figur Karoline aus *Kasimir und Karoline* war in frühesten Fassungen des Stückes noch in einem familiären Rahmen angesiedelt.[22] Die Endfassung kommt dann auch hier ganz ohne solche Bindungen aus. Klagemonologe der weiblichen Hauptfiguren, die in früheren

16 Vgl. hier S. 73–76.
17 Vgl. dort die Szenen 7–12, S. 43–48.
18 Vgl. hier S. 81–86.
19 Vgl. hier S. 81.
20 Vgl. hier S. 98–102.
21 Vgl. hier S. 87 f.
22 Vgl. Horváth 2009b, S. 94–100.

Versionen durchaus noch vorhanden waren, streicht Horváth während der Arbeit an seinen großen Volksstücken fast schon programmatisch aus den Texten. Die Rede der »Fräuleins« wird im Laufe der Schreibarbeit an diesen Stücken immer karger. Am Ende stehen die weiblichen Figuren oft nur noch stumm auf der Bühne, wie etwa Marianne am Ende von *Geschichten aus dem Wiener Wald.*[23]

Horváths Weiterarbeit am Text

Die nächste Stufe von *Glaube Liebe Hoffnung* besteht in einer Fassung in zwei Teilen, die einmal vollständig vorgelegen haben muss, von der sich aber im Nachlass des Autors nur umfangreiche Fragmente erhalten haben. Im vorliegenden Band werden davon neben einem Faksimile, das die Strukturierung des zweiten Teiles verdeutlicht,[24] drei Szenenfolgen wiedergegeben. Die erste entstammt dem ersten Teil des Stückes. Ort der Handlung ist eine »Einsame Landstrasse«,[25] auf der ein gewisser Herr Eltz Elisabeth in seinem Kleinauto zum Geschlechtsverkehr nötigt.

Bei der zweiten Sequenz handelt es sich um eine frühe Szenenfolge zum zweiten Teil, die in einem Nachtlokal namens »Blaues Schiff«[26] spielt. Hier baut Horváth den populären Schlager »Wenn die Elisabeth nicht so schöne Beine hätt« ein. Das Lied aus dem Jahr 1930 könnte den Autor dazu bewogen haben, seiner Hauptfigur diesen Namen zu geben.

Die dritte abgedruckte Sequenz schließlich umfasst den aus

23 Vgl. Kastberger 2004, S. 187–190.
24 Vgl. hier S. 90.
25 Vgl. hier S. 89–97.
26 Vgl. hier S. 98–106.

mehreren verstreuten Nachlassfragmenten rekonstruierten, beinahe gesamten zweiten Teil des Stückes mitsamt seinem Epilog.[27] Das relativ glimpfliche Ende, das die Geschichte von Elisabeth hier findet, arbeitet Horváth später um. Verhaftet und abgeführt wird in dieser Version noch ein anderes Fräulein, nämlich Maria. Elisabeth hingegen fühlt sich in dem zwielichtigen Milieu, das sie umgibt, recht wohl. Am Ende vergnügen sich (eben mit Ausnahme von Maria) alle Figuren bei einer Militärparade.

Die nachfolgende Fassung von *Glaube Liebe Hoffnung* (ein Typoskript, das Horváth im Untertitel als »Volksstück in sieben Bildern« bezeichnet) liegt in einer textlich bereits weitgehend geschlossenen Form vor. Zwei Bilder der Fassung (die eine »Im Tierpark am Sonntagnachmittag«[28] und die andere im »Bierkeller«[29] (beide Bilder waren bereits Teil der Fassung in zwei Teilen) strich der Autor in der letzten Fassung aus dem Text, während es in den verbleibenden fünf Bildern nur noch zu eher geringfügigen textlichen Modifikationen kam. Mit dieser Raffung fielen auch Textteile weg, die als parodistisch missverstanden werden konnten. Dies hätte Horváths in der *Gebrauchsanweisung* festgehaltener Intention widersprochen, in seinen Stücken sei »keine einzige parodistische Stelle«[30] zu finden. In der Tiergarten-Szene war beispielsweise noch der Auftritt eines unwirschen Tierpflegers vorgesehen. Gleich zu Beginn war dieser in einen Dialog verwickelt, der in seinem Wortwitz fast an den Münchener Komiker Karl Valentin (1882–1948) erinnert:[31]

27 Vgl. hier S. 107–139.
28 Vgl. hier S. 140–147.
29 Vgl. hier S. 148–159.
30 Horváth 2009b, S. 164.
31 Vgl. hier S. 140 f.

HOCHGEWACHSENER HERR Verzeihung Herr Aufseher -- aber wo sind denn da die Leoparden?
TIERPFLEGER Rechts.
HOCHGEWACHSENER HERR Und die Wasserbüffel?
TIERPFLEGER Links.
HOCHGEWACHSENER HERR Und das Nashorn?
TIERPFLEGER Immer der Nasen nach -- *(er lässt ihn stehen und ab)*

Scherze wie diese wollte sich Horváth, als er im zweiten Halbjahr 1932 über der Endfassung von *Glaube Liebe Hoffnung* saß, nicht mehr erlauben. Auch am Ausgang des Stückes feilte er. In einer frühen Version der Fassung in sieben Bildern sollte Elisabeth am Ende in eine Zwangsjacke gesteckt werden[32] und später dann – dramaturgisch vielleicht nicht allzu glücklich – an einer »plötzlichen Herzschwäche«[33] sterben. Dass sich die Hauptfigur in der Endfassung des Stückes, das Horváth dann im Untertitel dezidiert als einen »Totentanz« bezeichnen sollte, im Kanal das Leben nehmen will, war ein sehr später Einfall. Auch der Satz, den Elisabeth im Moment ihres Sterbens spricht und der Peter Handke in einer Auseinandersetzung mit *Glaube Liebe Hoffnung* Jahre später schwer beeindruckt hat, kam erst im letzten Augenblick in den Text: »Na! Da fliegen lauter so schwarze Würmer herum -«.[34] Handke führt aus: »Ich mag diese IRREN Sätze bei ihm, die die Sprünge und Widersprüche des Bewußtseins zeigen, wie man das sonst nur bei Tschechow oder Shakespeare findet.«[35]

32 Vgl. hier S. 160.
33 Vgl. hier S. 163.
34 Vgl. hier S. 61.
35 Handke 1972, S. 63 f.

Drucklegung und erste Aufführungen

Ähnlich wie das Stück *Geschichten aus dem Wiener Wald*, das in dem damals zur Ullstein-Gruppe gehörigen Propyläen Verlag 1931 erschienen war, sollte auch *Glaube Liebe Hoffnung* dort in Druck gehen. Dies bestätigte der Verlag dem Autor in einem Brief vom 23. Dezember 1932. Das Stück werde erscheinen, »sobald uns das endgültige druckfertige Manuskript vorliegt«.[36] Horváth hoffte auf eine Drucklegung gemeinsam mit dem Stück *Kasimir und Karoline* in Buchform. In seinen Notizbüchern finden sich dazu mehrmals Einträge mit Titeln wie »Glaube Liebe Hoffnung nebst Kasimir und Karoline«, einmal auch mit dem Untertitel »Zwei kleine Dramen aus dem Volksleben«.[37] Zur Vertretung des Stückes auf der Bühne hatte Ullstein *Glaube Liebe Hoffnung*, wahrscheinlich noch vor seiner endgültigen Fertigstellung, am 27. Juli 1932 angenommen. Mit dem Copyrightvermerk 1933 wurde das Stück dann als Bühnenmanuskript in dem zu Ullstein gehörenden Arcadia Verlag vervielfältigt. Diese Fassung liegt auch der in diesem Band abgedruckten Endfassung zugrunde. Vertraglich war zwischen Horváth und Kristl eine Teilung der Aufführungstantiemen in einem definierten Verhältnis von 60 : 40 vorgesehen.[38] Lukas Kristl sollte jedoch nicht als gleichwertiger Mitautor genannt, sondern auf dem Frontispiz »unter Mitarbeit von« angeführt werden.

Die Uraufführung des Stückes war zunächst in der Regie von Karlheinz Martin (1886–1948) und später dann unter der Spielleitung von Rudolf Beer (1885–1938) im Deutschen Thea-

36 Gronle/Ullstein 1932b.
37 Vgl. WA 5, S. 232.
38 Vgl. Gronle/Ullstein 1932a.

ter Berlin für Januar 1933 angekündigt.[39] Unter dem Druck der politischen Verhältnisse konnte es weder zur Veröffentlichung des Textes in Buchform noch zur Uraufführung des Stückes in Deutschland kommen. Daran änderte nichts, dass Horváth gegenüber Ullstein brieflich auf die Einhaltung der ursprünglichen Pläne drängte und im Zuge dessen auch einen Verlagswechsel zu Kiepenheuer erwog.[40]

Erst 1936 wurde das Stück unter dem Titel *Liebe, Pflicht und Hoffnung* ohne große Resonanz in dem »Theater für 49«, benannt nach der Zahl der verfügbaren Sitzplätze, in Wien uraufgeführt. 1952 kam es ebenfalls in Wien im »Kleinen Theater im Konzerthaus« erstmals unter dem authentischen Titel in einer Inszenierung von Michael Kehlmann (1927–2005) auf die Bühne. Ende der 1960er Jahre rekonstruierte der Regisseur Peter Palitzsch (1918–2004) aus dem damals noch an der Berliner Akademie der Künste befindlichen Nachlassbestand Horváths eine erweiterte Fassung, deren Aufführung in Stuttgart 1969 eine breite Diskussion um die Authentizität des Stückes und die Frage nach der Letztfassung auslöste. Palitzsch hatte in die textlich an sich absolut gesicherte Endfassung die zwei gestrichenen Bilder der Fassung »Volksstück in sieben Bildern« sowie aus der Fassung in zwei Teilen die Szenenfolge »Einsame Landstrasse« mit der bereits oben beschriebenen Nötigungsszene hineingestellt. Letzteres löste bei den Erben des Autors und auch bei Teilen des Publikums und der Presse Empörung aus.[41]

39 Vgl. Krischke 1988, S. 83 f.
40 Vgl. Horváth 1933.
41 Vgl. Krischke 1973, S. 161–187.

Textbände Horváths, geschweige denn gesicherte Editionen, waren zu Beginn der Rezeption nach 1945 noch unbekannt. Mit einem 1961 erschienenen Auswahlband mit dem schlichten Titel *Stücke* im Rowohlt Verlag machte der Journalist Traugott Krischke Horváth als einen Klassiker der Moderne verfügbar. Diese Ausgabe sicherte dem Autor und seinem Werk speziell auch im Rahmen der 1968er-Bewegung Aufmerksamkeit. Editorisch grundlegend war dann die vierbändige Ausgabe von Horváths *Gesammelten Werken*, die Krischke 1970/71 herausbrachte. Bei dieser Ausgabe, die wie alle nachfolgenden Horváth-Editionen bis zum Ablauf der Schutzfrist 2009 im Suhrkamp Verlag erschien, handelte es sich um ein sehr ehrgeiziges Projekt. Denn nicht nur die Letztfassungen der Texte wurden hier präsentiert, sondern zu fast jedem Werk auch ein umfangreicher Bestand an Fragmenten, verschiedenen Fassungen und Varianten beigefügt. Dadurch, dass der Status des textgenetischen Materials nur unzureichend ausgewiesen wurde, kam es in der Rezeption immer wieder zu Diskussionen über den Authentizitätsgrad der Stücke.

Ergänzend zu den *Gesammelten Werken* erschienen ebenfalls unter Krischkes Herausgeberschaft viele der Werke Horváths in den nachfolgenden Jahren auch als Taschenbuch. Daneben legte der Verlag in seiner »Bibliothek Suhrkamp« um singuläre Vorarbeiten und Fassungen erweiterte Ausgaben (unter anderem auch von *Glaube Liebe Hoffnung*) vor. In der Neuausgabe der *Gesammelten Werke*, die 1978 in acht Bänden erschienen ist, haben die Herausgeber fehlende Quellenangaben teilweise nachgereicht. In der ab 1983 herausgebrachten *Kommentierten Werkausgabe in Einzelbänden* wurden erneut Versuche zu einem besseren Ausweis der Kriterien und einer höheren Überprüfbarkeit der Editionen gemacht. Grundlegend gelöst werden die Probleme, die es bei Horváth mit der Bewertung und Einordnung des werkgenetischen Materials gibt, allerdings erst mit der historisch-kritischen Ausgabe, die seit 2009 (dem Jahr, in dem Horváth 70 Jahre nach seinem Tod gemeinfrei wurde) im Wissenschaftsverlag Walter de Gruyter erscheint. Die jüngsten Reclam-Editionen zu Horváth (vgl. Horváth 2009a–d) und auch der gegenständliche Band basieren auf dieser Ausgabe.

Am Literaturarchiv der Österreichischen Nationalbibliothek lagert die Theaterdokumentation des Thomas Sessler Verlages (Signatur ÖLA 28), die Materialien zu Verfilmungen, Fernseh- und Radiodramatisierungen, vor allem aber zu Horváth-Aufführungen am Theater bis in das Jahr 1994 umfasst. Aus der Zahl der vorhandenen Konvolute kann die Frequenz von Horváth-Aufführungen in diesem Zeitraum leicht erschlossen werden. Daraus ergibt sich ein interessantes Bild: *Kasimir und Karoline* führt die Liste mit 127 Einträgen an, knapp dahinter folgen *Glaube Liebe Hoffnung* (111) und *Geschichten aus dem Wiener Wald* (99). Etwas abgeschlagen, aber immer noch sehr häufig inszeniert: *Zur schönen Aussicht* (62), *Italienische Nacht* (55), *Don Juan kommt aus dem Krieg* (44) und *Figaro läßt sich scheiden* (43).

Vor allem sind es also die drei großen Volksstücke Horváths, die auf deutschsprachigen Bühnen geradezu exzessiv aufgeführt werden. Dass dabei nicht *Geschichten aus dem Wiener Wald*, also Horváths berühmtestes Stück, an erster Stelle liegt und *Glaube Liebe Hoffnung* immerhin auf Platz zwei, mag einigermaßen überraschen. Vor allem auch dann, wenn man sich die literatur- und theaterwissenschaftliche Forschung zu Horváths Volksstücken ansieht. *Glaube Liebe Hoffnung* wird in der wissenschaftlichen Literatur oft nur als Beiwerk zu den beiden anderen Volkstücken gesehen. Auseinandersetzungen, die allein dieses Stück und seine Spezifik in den Fokus nehmen, sind selten.[42]

Volksstückstruktur und Frauenfiguren

Glaube Liebe Hoffnung ist formal ein klassisches Stationendrama, in dem die einzelnen Bilder lose aneinandergereiht sind und nur durch die Auftritte der Protagonistin zusammengehalten werden. Anders als in *Geschichten aus dem Wiener Wald* und in *Kasimir und Karoline*, wo sich die endgültige Form des Stückes jeweils erst langsam im Laufe des Schreibprozesses herauskristallisiert hat (mit dem Ergebnis im ersten Fall einer symmetrischen Struktur mit zahlreichen ineinander verschränkten Verschachtelungen und im zweiten Fall eines flächigen Tableaus von sehr kurzen Szenen, die man ihrerseits fast schon als Mikrodramen bezeichnen könnte), hat sich an der grundlegenden Struktur von *Glaube Liebe Hoffnung* während der Schreibarbeit nicht mehr viel verändert. Dass Horváth das Stück am Ende in seinem Untertitel als einen »Totentanz« bezeichnet, passt zu diesem Befund, denn das Stationendrama hat seine Ursprünge genau dort, nämlich in volkstümlichen Mysterien- und Passionsspielen.

Ein »neues« Volksstück ist *Glaube Liebe Hoffnung* damit in einem anderen Sinn, als dies bei den beiden anderen großen Volksstücken Horváths der Fall ist. Ein Vergleich soll das Gemeinte verdeutlichen: Marianne ist in *Geschichten aus dem*

42 Einführend zu Horváth und seiner wissenschaftlichen Rezeption vgl. Bartsch 2000. Einen Überblick der Inszenierungsgeschichte von *Glaube Liebe Hoffnung* bis ins Jahr 2006 bietet Horváth 2007, S. 101–111. Ein Sammelband mit Beiträgen auch zu neuesten Horváth-Aufführungen liegt vor mit Ehrenreich/Storr/Vejvar 2014.

Wiener Wald in eine geschlossene patriarchale Welt eingepasst, aus der es für sie auch deshalb kein Entrinnen gibt, weil letztlich das gesamte Ensemble des Stückes und auch ihr Galan Alfred, mit dem sie zu Beginn Pläne für eine gemeinsame Zukunft geschmiedet hatte, geschlossen gegen ihren Kampf um Freiheit steht. Auch in *Kasimir und Karoline* üben die ökonomischen Verhältnisse einen nachhaltigen Einfluss auf die Liebesverhältnisse aus: Nachdem ihr Bräutigam Kasimir als Chauffeur »abgebaut« (das heißt: entlassen) wurde, geht seine Beziehung zu Karoline auf dem Oktoberfest in die Brüche. Karoline selbst wird zwischen den alten und ökonomisch gutgestellten Männern, die sich auf dem Fest um sie kümmern, zu einem anscheinend frei verfügbaren Objekt der sexuellen Begierde. Das geht aber nur so lange gut, wie das Fest dauert. Am Ende bleibt Karoline nur die Sehnsucht nach der Ausgangssituation.

Elisabeth aus *Glaube Liebe Hoffnung* stellt unter allen Horváth'schen »Fräuleins« die emanzipierteste Figur dar. Sie ist nahe dran, sich eine eigene ökonomische Existenz zu schaffen, scheitert dann aber an der Unscheinbarkeit der »kleinen Paragraphen«.[43] Aus dem Unsinn der Gesetzgebung, die Lukas Kristl im Auge hatte, hat Horváth eine große Leidensgeschichte gemacht, fast schon eine Passion. Dabei steht die Nichtigkeit des Anlasses in keinem Verhältnis zum Leiden der Figur und ihrem ausweglosen Schicksal.

Interpretationsansätze der Forschung

Helmut Lethen stellte in einem Aufsatz die Frage, warum die Horváth'schen Frauen nicht einfach wegfahren und ihnen niemand eine Fahrkarte gibt? Die Antwort ist simpel: Weil jen-

43 Vgl. hier S. 7.

seits der sozialen Biotope, in die hinein diese Figuren in diesen Stücken gestellt sind, einfach keine anderen Schienenstränge verlaufen.[44]

Für die Horváth'schen Volksstücke existiert jenseits dieser Stücke keine andere Welt. Zur dramaturgischen Meisterschaft des Autors gehört, dass er für die Dauer der Aufführung auch das Publikum in eine solche alternativlose Fiktion zwingt. Horváths Frauen bewegen sich in Schleifen und stecken in Räumen wie in Schachteln, ihre Bewegung entspricht der Verschiebung von Waren auf einem allein durch ökonomische Gesetze geregelten Markt.[45]

Monika Meister hat *Glaube Liebe Hoffnung* als eine »Montage der Emotionen« bezeichnet und dabei die Form des Totentanzes, die das Stück hat, auf die Form der Revue bezogen, die im Berlin der 1920er und frühen 1930er Jahre große Publikumserfolge feierte.[46] Mit dem Fragment *Magazin des Glücks*[47] versuchte sich Horváth selbst, mehr oder weniger zeitgleich mit seiner Arbeit an *Glaube Liebe Hoffnung*, an einer solchen Revue. Das titelgebende »Magazin des Glücks« sollte eine Art Warenhaus sein, in der ein jeder und eine jede genau das Glück vorgespielt bekommt, das er/sie sich für den jeweiligen Abend wünscht. Die Nummern-Revue wirkt wie eine Schauform des Totentanzes, die nach außen gewendet ist. In ihr scheint die Passion umgestülpt wie ein Schwamm. Das Leiden der Figur wird so mitten in eine modernistisch geprägte Unterhaltungsindustrie gesetzt.

Gerade auch solche Bezugnahmen machen deutlich, warum Horváth bis heute so aktuell und vielgespielt ist. Frisch haben

44 Vgl. Lethen 2001, S. 5.
45 Vgl. Kastberger 2018, S. 178 f.
46 Vgl. Meister 2013, S. 16.
47 Vgl. KW 16, S. 149–184.

sich an diesem Autor nämlich nicht allein die Themen gehalten, sondern vor allem auch die Formen, in die er sie steckt. Arbeitslosigkeit, das Aufkommen neuer autoritärer Bewegungen, Geschlechterdifferenzen oder auch Flüchtlingsproblematik[48] boten während der letzten Jahrzehnte oft genug Anlass, Stücke von ihm auf den Spielplan zu setzen. Letztlich ist es aber die Art und Weise, in der Horváth aus der genauen Beobachtung für ihn realer Ereignisse heraus seine zeitlosen Sätze drechselt. Besonders im Bereich der sogenannten zwischenmenschlichen Beziehungen zeigt sich die ganze Dialogkunst des Autors. An einem Vergleich früherer und späterer Varianten wird deutlich, wie sehr Horváth Passagen, in denen Mann und Frau miteinander reden, insbesondere auch gegenüber allen Möglichkeiten einer therapeutischen Intervention abgeschottet hat. Verfangen in der Wortkunst, die die Figur konstituiert, wäre auch am Verhältnis von Elisabeth und den sie umgebenden Männern nichts zu therapieren. Keine »Wunderübung« (so der Titel eines Stückes von Daniel Glattauer) könnte Elisabeth retten. Denn sie steckt in festzementierten gesellschaftlichen Verhältnissen.

Horváth gestaltete immer gegenwärtige, glaubhafte Figuren. Manchmal aber scheinen die Horváth'schen Figuren ihren Sätzen in den Theaterraum hinein hinterherzulauschen und begreifen selbst nicht ganz, was sie da gerade von sich gegeben haben. Wie zu Materie gewordene Fremdkörper, die an sich selbst Vergangenheit, Gegenwart und Zukunft haben, schweben diese Sätze dann über den Köpfen des Publikums. So auch in *Glaube Liebe Hoffnung*:[49]

48 Horváths Spätwerk nimmt sich auch besonders dieses Problems an, vgl. dazu Streitler-Kastberger 2018, S. 226–230.

49 Vgl. hier S. 34.

SCHUPO Ohne Glaube Liebe Hoffnung gibt es logischerweise kein Leben. Das resultiert alles voneinander.

ELISABETH Sie haben leicht reden als Staatsbeamter in gesicherter Position.

SCHUPO Wir müssen doch alle mal sterben.

ELISABETH Hörens mir auf mit der Liebe!

(Stille.)

Klaus Kastberger

Inhaltsverzeichnis